Vincent Kleemayer

Schreibtisch-Experimente
Prosa-Anthologie

Der Autor

Zwei erfolgreiche Berufsausbildungen konnten seine Sehnsucht nach der weiten Welt keinesfalls stillen. Kellner im Biergarten, T-Shirt-Verkäufer beim Festival, Pizzabäcker im Schnellrestaurant, Flyerverteiler am Flughafen, Fabrikarbeiter im Metallbetrieb, Statist am Filmset, Entwicklungs-helfer im Waisenhaus, Vorarbeiter beim Glasermeister, Sargträger auf Dorffriedhöfen, Chauffeur hinterm Taxilenkrad - Dieser Kleemayer ist tapfer in so manche Rolle respektive Dienstkleidung geschlüpft, um seine wahre Berufung zu entdecken.

Seit seinem 25. Lebensjahr widmet sich der im ländlichen Zabergäu aufgewachsene Jungkünstler vorwiegend der Schöpfung von deutschsprachiger U-Literatur.
(Und dabei soll es vorerst auch bleiben.)

Vincent Kleemayer

Schreibtisch-Experimente

Prosa-Anthologie I

Umwelthinweis:
Dieses Buch wurde auf chlor- und säurefreiem Papier gedruckt

1. Auflage Dezember 2016
© 2016 Vincent Kleemayer, Pfaffenhofen / Württemberg

Cover-Gestaltung: Manuel Schmid, Weiler a. d. Zaber
Herstellung und Verlag: BoD – Books on Demand, Norderstedt

ISBN: 978-3-743-14143-8

FÜR DAS TEAM

VON

www.armedangels.com

Inhalt

9
Ehrensache

42
Fliehende Hoffnung

49
Das Jesu-Mädchen
und
Eure letzte Prüfung

79
Blaubart ohne Mut?

90
(K)ein feines Trinkgeld

124
Die Knarre, ein Gammler
&
Signorina Loren

152
Tierisch-coole Family

173
An alle Politiker – weltweit!

180
~ Zeittafel & Statement ~

Ehrensache

Im Juli 2013 an einem Freitag: Sonnenschein über Hitze, Hitze über Sonnenschein. Halb Europa ächzt und schwitzt unter dem Joch einer unerbittlichen Warmfront namens Arinna.

Fürwahr, bei 35 Grad C im Schatten kann einem manch simple Tätigkeit ungeahnt schwerfallen. Gleichfalls der Wahrheit entspricht, dass *Freund Hein* im Hochsommer häufiger an die Pforten der Kranken und Alten klopft, als es die übrigen Monate im Kalender der Fall ist. Eine Tatsache – so sicher bewiesen wie die Existenz von Viren oder die Gravitation auf unserem Planeten. Und ein Lied davon singen können in erster Linie all jene, die dann und wann mit dem Tod beziehungsweise einem Bestattungsunternehmen zu tun haben.

Ich traf um Punkt 12.40 Uhr auf dem Friedhof in Pfaffenhofen ein. Für die Ausübung meines anstehenden Dienstes war eine gewisse Kleiderordnung oberstes Gebot. Soweit es für mich erschwinglich war, nahm ich diese Vorschrift ernst und trug am Leib: ein Kurzarm-Hemd, eine schlichte Stoffhose, moderne Halbschuhe und ein elegantes Sommerjackett. Bis auf das marineblaue Hemd hielt sich meine Abschiedsgarderobe in satten Schwarztönen. *Alter Schwede, du musst ja vor Würde geradezu strotzen!*

Vom unteren Eingangstor aus ließ ich den Blick über das mit Kreuzen und Gräbern gespickte Gelände schweifen. Auf dem Westflügel erhob sich die Aussegnungshalle mit Sitzplätzen für rund 80 Personen. Dorthin schritten gesenkten Hauptes nach und nach die Trauergäste für Frida Kaiglocke. Der Start des Hauptgeschehens war auf 13.00 Uhr angesetzt.

Ich ging ein kurzes Stück und erblickte dann meine Kollegen auf der Ost-Ebene an einer bestimmten Stelle versammelt. Mit strammem Rücken bahnte ich mir einen Weg in deren Richtung. Zu diesem Zeitpunkt hatte ich nicht die leiseste Ahnung, welch böse Überraschung uns *Totengräbern* heute noch blühen sollte.

Die freundlichen Herrschaften hatten die 60 längst überschritten. Neben Erfahrenheit und Sonnenbräune stand ihnen das wohl verdiente Rentenalter gut zu Gesicht. Wir begrüßten uns per Handschlag und verschworenem Nicken. Für die Durchführung des Auftrages waren somit anwesend: Richard Heufluß, Walter Brückle, Dieter Kleinboot. Und meine Wenigkeit, ein Picasso verehrender Jungkünstler mit ehrgeizigen Plänen hinter der Stirn. Nun, dass ich in deren grauhaariger Gesellschaft wie ein Dreikäsehoch im Sonntagsstaat wirkte, ließ mich allenfalls mit den Schultern zucken.

Du bist hier trotz einer Bullenhitze anwesend. Auch positiv: Das Missionsziel ist kinderleicht und verspricht Bares für die Börse.

Umgehend schloss ich mein Interesse dem der Kollegenschaft an und spähte ebenfalls in die Tiefe einer vakanten Grabgrube. Zunächst fand ich am dargebotenen Beispiel der Vergänglichkeit nichts Ungewöhnliches. Dutzende Male schon hatte ich einen hungrigen Schlund aus lehmiger Erde vor Augen.

Doch wieso blicken die anderen so nachdenklich drein?

Eine zweite Betrachtung ließ mich erkennen: Das Grab wich in den Ausmaßen einige Dezimeter vom üblichen Standard ab. Dem Anschein nach würde unser jüngst verschiedenes Gemeindemitglied in einem extrabreiten Sarg seine letzte Reise antreten. Das bedeutete...

Ich rückte meine Sonnenbrille auf Halbmast und schaute rüber zu Spezi Brückle. Dessen Konzentration haftete im Moment an den Zeigern seiner Armbanduhr.

»Wo bleibt unser Müllers Waldemar bloß?«, sagte er halb in Trance von der allgegenwärtigen Schwüle. Auf seinem spärlich behaarten Schädel glitzerten Schweißtröpfchen wie frisch polierte Edelsteine.

Also stieß ich Kollege Kleinboot leicht in die Flanke, um mir meine Entdeckung und die daraus resultierende Vermutung bestätigen zu lassen. Er wollte gerade den Mund aufmachen, als Heufluß mit der Darlegung des Am-besten-wird-sein-Planes begann. Ja, er sagte liebend gern *am besten wir gehen so* oder *am besten wär's, wenn du so und der gleichzeitig so...* Unser weißbärtiger General eben. Jedenfalls schritt Heufluß dabei probeweise die Etappe vom Sargwagen bis zur Grube der Verstorbenen ab. Er tat dies recht gewissenhaft, was den Vorteil hatte, seinen Anweisungen gut folgen zu können. Na ja, heute eher weniger gut, da die herrschende Höllenhitze das logische Denkvermögen merklich beeinträchtigte.

Dieter Kleinboot schob seine rechte Pranke in die Hosentasche, an seiner linken baumelte lässig das Jackett.

»Des kann jo heiter werde«, meinte er mit einem gedämpften Lachen. Es war seine Art, fast jeden dritten Satz lächelnd oder lachend zu beenden. Seinem Gemüt schien ein unerschütterlicher Humor zu eigen, der Jung und Alt gleichermaßen zum Schmunzeln anregte.

»Na, kapiert? *Da* und *da* müssen wir besonders aufpassen, Teemeyer.« General Heufluß warf einen scharfen Blick in meine Richtung.

»Isch klar«, gab ich nickend zurück. Langsam beschlich mich das Gefühl, dass mir ein Negativ-Detail zur Lage vorenthalten wurde. Erneut blickte ich in das rötlich gefleckte Antlitz des Kollegen Brückle, der im Zustand innerer Anspannung von einem Bein aufs andere trat. Sehnte er noch immer Verstärkung herbei?

Stratege Heufluß hatte gerade die Verfänglichkeit der *Zielgeraden* zu Ende erläutert, als sich Bestatter Gregor Bald zwischen uns stellte, um ein formelles

»Grüß Gott zusammen!« an seine Träger-Crew zu richten. Dann zückte er ein Briefkuvert und verteilte reihum die Honorare. Das ging bei ihm Schlag auf Schlag, so zügig brachte keiner sein Dankeschön heraus. Unser Boss stand sichtlich unter Strom; er glich mehr einem Börsianer knapp vor Feierabend als einem renommierten Leichenbetter des Auenlandes. Daran kann nicht allein das zermürbende Wetter schuld sein, sagte ich mir im Stillen.

Beim Versuch, uns alle gleichzeitig anzublicken, meinte Bald mit gewichtiger Stimme: »Männer, es gibt ein kleines Problem«, der Mittvierziger schwieg einen Moment, wobei er sich um 180° drehte und seinen Stab aus willigen Helfern Richtung Hauptgeschehen dirigierte. Wir folgten im Gänsemarsch, lauschten was es Problematisches zu bewältigen gab. Inzwischen hatte ich eine konkrete Vorahnung…

»… Liebe Trauergemeinde, in der Ansprache halten wir uns an ein Wort aus einem alten Gebet – Psalm 90, Vers 17:

Der Herr, unser Gott, sei uns freundlich und fördere das Werk unserer Hände bei uns, ja, das Werk unserer Hände wolle er fördern.

Nun, dieser Denkspruch wurde Frau Kaiglocke bei ihrer Konfirmation mitgegeben – 1947. Und sein Inhalt hat ja wahrlich Tiefsinn. Denn da wird Gott in Anspruch genommen für einen ganz bestimmten Lebensentwurf. Und uns wird vor Augen geführt: Man kann mit Mut und Entschlossenheit das Leben in Angriff nehmen und sich sagen: Was zählt im Leben – das ist das, was wir erarbeitet haben. Ja, und im Rückblick soll man dann auch sagen können: Ich habe gute Erfahrungen gemacht, diese gaben mir Kraft zum Leben, das vollbrachte Tagewerk beschied mir Zufriedenheit. Ich konnte etwas leisten! Für die guten Erfahrungen, für meine Erfolge bin ich dankbar: der Allmächtige ist freundlich mit mir gewesen ...«

Um 12.50 Uhr, noch bevor Pfarrer Wolfgang Blendhögel ans Podium trat, hatten der Bestatter, sein Azubi Till und Richard den geschlossenen Sarg vor der Trauergemeinde aufgebahrt.

Mittlerweile saßen wir auf Holzstühlen in einem kleinen Nebenraum der Aussegnungshalle. Hier war unser Wartebereich, diskret von den Angehörigen und Gästen abgeschirmt. Immer wenn ich über jene Schwelle trat, musste ich an Entsagung und österreichische Ordensklöster irgendwo im Alpengebirge denken.

Der Boden war olivgrau gefliest. Von den überhohen Wänden rieselte hie und da ein Rauputz, der durch seinen Stich, fernab von Weiß, an Ödheit unübertreffbar schien. Für ausreichend Tageslicht sorgten mehrere Glaselemente, welche im oberen Drittel des nördlichen Mauerwerkes über dessen volle Breite verliefen. Nahe der Decke hatten sich auf den schmalen Rahmenleisten der Scheiben Weberknechte und Staubmäuse gutnachbarlich angesiedelt. Von Zeit zu Zeit schwebten Letztere wie von Magie beseelt frei durch die Luft; dann schauten die 8-beinigen Knechte, gafften, hatten Spaß am Spektakel des fliegenden Staubes.

Verflucht sei, wer deren Eintracht dort droben zu stören wagt.

Das Mobiliar wirkte auf ewig ausrangiert. Es war nur eine Frage der Zeit, bis daraus ein Festschmaus für den Holzwurm werden würde. Über dem Eichenschreibtisch hing ein gekreuzigter Messias an der

Wand, darunter ein Holztäfelchen mit altdeutscher Inschrift: Das tat ich für Euch, was tut Ihr für mich?

Oh, so was geht die Gläubigen an, aber gewiss keinen kunstvernarrten Pinselschwinger wie mich.

Vis-à-vis der Bibelsentenz ragte ein Kleiderschrank in die Höhe; vielleicht aus den Siebzigerjahren, demnach nicht im Geringsten modern. Einmal ließ ich seine Scharniere knarren und äugte ins Innere. Neben muffiger Luft beherbergte er eine Schachtel mit Teelichtern sowie ein mysteriöses Paar gelber Gummistiefel in Kindergröße, und an einem der Holzbügel baumelte eine Art Trauergewand, dessen letzte Showeinlage womöglich zur Ewigkeitsentsendung meines Urgroßvaters geboten wurde.

Rechts von dem Schrank bestand die Möglichkeit, eine Hutablage mit Kleiderhaken zu nutzen. An einem der Messinghaken hing schlaff wie ein Putzlappen eine kiefergrüne Männerweste aus Schurwolle, und auf dem Brett darüber lag ein Homburger. Der Kopfschmuck schien unter einer Staubschicht auf Dekaden konserviert. War es nicht tröstlich, dass die beiden einander Gesellschaft leisten konnten? Kumpel Weste und Freund Herrenhut – zwei Veteranen aus anderen Zeiten. Wann wurden sie unter dem

Pfaffenhofener Dach der Aussegnung zurückgelassen? Welches Jahr zeigte der Kalender?

Zum Zeitvertreib rufe ich mir ein paar Ereignisse deutscher Geschichte ins Gedächtnis...

... anno 1970, Polen: »Verständigung mit dem Osten Europas«, legendärer Kniefall von Kanzler Willy Brandt vor dem Warschauer Ghetto-Mahnmal; diese Geste unterstreicht Wahrhaftigkeit sowie das moralische Anliegen Deutschlands im Bezug auf die neue Ostpolitik... anno 1974, München: »Zum zweiten Mal Fußballweltmeister«, 16 Mannschaften starten ins Turnier, welches erstmals in Germany ausgetragen wird; unter Kapitän Franz Beckenbauer erkämpft sich unsere Elf die begehrte Gold-Trophäe... anno 1977, Köln: »Deutscher Herbst«, Arbeitgeber-Präsident Hanns Martin Schleyer wird von RAF-Terroristen entführt, knapp 6 Wochen später, im Oktober, gelangt die Lufthansa-Maschine Landshut in die Gewalt von palästinensischen Terroristen; in Mogadischu gelingt es der GSG 9, alle 86 Geiseln zu befreien und die Luftpiraten auszuschalten, daraufhin begehen drei RAF-Köpfe in der JVA Stuttgart-Stammheim Selbstmord...

anno 1982, München: »Bühnen- und Film-Genie stirbt im Alter von 37 Jahren«, Rainer Werner Fassbinder galt als einer der profiliertesten Vertreter des Neuen Deut-

schen Films. Der exzentrische Regisseur realisierte bis zu 7 Filme pro Jahr; er war auch bekannt für seine intensive Zusammenarbeit mit den Schauspielern, viele unter seiner Ägide avancierten zu Weltstars... anno 1986, Düsseldorf: »Beuys: Jeder Mensch ist ein Künstler«, Joseph Beuys segnet mit 64 das Zeitliche; einer der größten avantgardistischen Künstler nach dem Zweiten Weltkrieg, sein Schaffens- und Darstellungsfokus galt auch ökologischen Themen... anno 1995, Berlin: »Zwei Verpackungskünstler verhüllen Reichstagsgebäude«, der bulgarisch-amerikanische Künstler Christo und seine Frau Jeanne-Claude verbergen den Reichstag unter 100.000 m² silbrig glänzendem Polypropylengewebe; die mit Aluminium metallisierten Stoffbahnen sind schwer entflammbar und können recycelt werden. Sämtliche Kunstkritiker loben die überwältigende Ausstrahlung des Werkes unterm Himmel der Hauptstadt, welches für terminierte zwei Wochen im Sommer von über 5 Millionen Menschen bestaunt wird... Lebt der Christo eigentlich noch?

Einer, dessen Werke für mich persönlich größte Ausdruckskraft besitzen, weilt leider schon Ewigkeiten nicht mehr unter den Lebenden: der hochbegabte Spitzweg aus Unterpfaffenhofen/Bayern. Wann genau trat das Malergenie Carl Spitzweg ab? *1858?, oder war es später, 1885?...* Ich wollte mich just für ein Jahr entscheiden, als sich bei der Tür etwas regte.

Auf leisen Nobelsohlen betrat unser Boss den Aufenthaltsraum. Offensichtlich musste auch er eine unfreiwillige Schwitzkur durchstehen. Gregor Balds Interesse galt der Getränkekiste auf dem Schreibtisch. Links vom Pult duselte unser General mit abgenommener Brille, die Arme vor der Brust verschränkt, den Kopf gesenkt.

Der Bestatter fischte wahllos eine PET-Flasche aus dem 9er-Kasten und schraubte den Deckel ab. Er stand mit dem sportlichen Rücken zu mir, legte den Kopf zurück und setzte begierig an. Indessen tropfte es mir wie Wachs ins Bewusstsein: du kennst nur zwei Besonderheiten aus seinem Privatleben. Erstens das Sommerhaus in Südspanien und zweitens ein Cabriolet von Porsche aus den Achtzigern. Die Luxusimmobilie in mediterranen Breitengraden selbstverständlich bloß vom Hörensagen; das Cabrio hingegen sah man in den Sommermonaten häufig durch die Dörfchen des Auenlandes flitzen.

Weshalb einem Fast-Workaholic derlei materielle Freuden missgönnen?

Statt kleinlichen Antworten fielen mir primäre Charaktermerkmale ein: Im Grunde war es unmöglich, aus seiner Miene zu lesen. Noch besser als ein Hollywood-Mime hatte Herr Gregor Bald seine Gefühlsregungen unter Kontrolle – so schien es zumindest. Dann und wann lächelte er das Lächeln des weisen Mannes, beneidenswert geduldig à la nomen est omen. Aber niemals schallte sein Lachen an mein Ohr. Dies zeugte von wahrer Selbstbeherrschung! Auch mit Worten ging dieser hochmoderne Leichenverwalter sparsam um; wohl war sein Mundwerk so viel Plaudertasche wie ich Quantenphysiker bei der NASA. Er hatte kein sonderlich lautes Organ, änderte nur selten den Tonfall. Was er aber mit zehn flinken Fingern anpackte, das gelang im Normalfall einwandfrei.

Nach einem erfrischenden Apfelschorle, wandte Gregor Bald seine Aufmerksamkeit dem Verstärker-Gerät für die Lautsprechertechnik zu. Dass dieser Klumpen Elektronik längst nach Sinsheim ins Museum gehörte, schien den Boss kaum zu beeindrucken. Ich persönlich machte stets einen Bogen um diese hochsensible Apparatur, welche in einer Ecke nahe der Tür auf einem Beistelltisch stand. Die kleinste Fehleinstellung – so wurde mir eingeschärft – würde

Pfarrer Blendhögel klingen lassen wie eine überhitzte Kreissäge, oder – andersrum – wie das donnernde Rattern einer Dampfwalze. *Nein, gottbewahre! Weder Sägen- noch Walzengeräusche wollen wir in unmittelbarer Nähe einer Totenkiste haben!*

Unser Chef kontrollierte zwei der Regler nebst Anzeigen; sachte wippte sein Zeigefinger nach oben. Nun tönte des Predigers Stimme eine Spur lauter aus den Boxen. Und der Bestatter im maßgeschneiderten Anzug nickte beifällig. In Wahrheit allerdings zeugte sein Nicken von der Befeuerung des eignen Wagemutes. Denn risikobereit wie selten hoffte Gregor Bald an diesem 13., das Moment der Schwerkraft einmal mehr austricksen zu können...

»... Ein kleines Vermächtnis an ihre Nachwelt möchte ich Frida zugutehalten. Jenes leuchtet besser ein, wenn man folgenden Hintergrund kennt: Eine Woche vor ihrem Heimgang durfte ich gemütlich bei ihr im Wohnzimmer sitzen. Und selbstverständlich gab es echten Bio-Kaffee aus Guatemala und leck're Stückle vom Zwetschgenkuchen.

Nun, an diesem Nachmittag haben wir auch über die Wunder eines Jesus von Nazareth gesprochen. Dabei konnte ich gut feststellen, dass unsre Frida seine einzigartige Freundlichkeit, also die immerwährende Liebe Jesu Christi, sehr wohl kannte ...«

Die Tür zum Korridor stand offen. Ein minimaler Luftaustausch war definitiv besser als gar keiner. Dennoch fühlte ich mich – man bedenke meine Montur! – wie in einer finnischen Dampfgrotte.

Verstohlen äugte ich nach dem Befinden meiner Kameraden. Natürlich standen auch ihnen die Schweißtropfen dick wie Linsenschoten auf der Stirn. Im Minutentakt kamen unsere Taschentücher zum Einsatz. Walter hielt ein ellenlanges Stück aus blauweiß kariertem Stoff zwischen den Fingern, welches ebenso gut als Geschirrtuch getaugt hätte. Zum x-ten Mal begann er jetzt, Hals und Nacken damit trocken zu reiben.

Vor mich hin träumend sann ich über die Chronik der geschätzten Rotzfahne. *Vielleicht ein Präsent vom Schwiegervater an den jungen Bräutigam zur Hochzeit? Eine Beigabe zum Gesellenbrief? Oder gar vom Großonkel zum Tag der Konfirmation?*

Als hätte Walter meine Gedanken gelesen, nahm er mich ins Visier. »Geschenk zur Meisterprüfung.

Beste Qualität aus Norddeutschland«, offenbarte der Oldtimer stolz. »Damals waren *wir* noch wer! Ja, damals funktionierte unsre Wirtschaft – auch ohne Chinesen und Dumping-Moral. Des kannsch mir glaube!«

»Hm, Tatsache?« Meine Kenntnisse in Ökonomie konnten ein Update vertragen.

Der alte Haudegen rümpfte verächtlich die Nase.

»Ha! Wie diese Schlitzaugen ihre Hunde fressen, so werden sie irgendwann Europa fressen... Sieh dich vor, feiner Maler!«

Theatralisch wich mein Oberkörper zurück.

»Grundgütiger, Walter«, meinte ich mit gepresster Stimme, »hoffentlich nimmt Europas Geschichte einen anderen Lauf!«

Ungeduldig reckte ich mich hoch in die Senkrechte. Auch dieser Stuhl gehörte schleunigst ins Museum, vorgeschlagenes Themengebiet: Foltermethoden im Mittelalter.

Ich kreiste zur Entspannung den Kopf. Wie ein Staffelläufer spürte ich den Schweiß zwischen meinen Schulterblättern hinabfließen – dabei hatte ich noch keinen Handschlag getan! Als Säule der Untätigkeit äugte ich zu Dieter rüber. Der hantierte mit seinem Klapp-Handy, war tief eingetaucht in ein Universum aus winzigen bunten Bausteinen. Mir verriet sein flüsterleises Gemeckre unter dem Schnurrbart, dass er die Kniffeligkeit einer Tetris-Welt unterschätzt hatte.

Meine Trinkflasche war bis auf den letzten Tropfen geleert. Ich peilte den Schreibtisch an, genehmigte mir eine weitere Pulle aus der Getränkekiste. Am linken Rand der Arbeitsfläche sah ich DAS DOKUMENT der Dokumente liegen – die Sterbeurkunde. Eine Kopie umhüllt vom Schutz der Klarsichtfolie.

Welchem Schriftstück könnte mehr Endgültigkeit anhaften?
Scheue Ehrfurcht ließ mich den Blick abwenden; zugleich schmolz mir das Eis der gedanklichen Zerstreutheit unter den Füßen weg und ich brach wieder ein in das triste Geschehen der Realität.

Nach einem tüchtigen Schluck deponierte ich den ACE-Drink unterm Stuhl und linste auf die Uhr. Meine Casio teilte mit: halb zwei sei mittlerweile durch. Sicher, der Prediger hatte permanente Unterstützung von *oben*, denn weder Text noch Atem ging ihm aus. Und ein Weinglas Hirschquelle schmierte seine Kehle wie gutes Öl den Kolben im Verbrennungszylinder. O ja!, man hörte wie das Feuer biblischer Läuterung über die sündige Menge fegte. Unser Pfarrer Blendhögel war dafür bekannt, kein Blatt vor den Mund zu nehmen – Beerdigung hin oder her!

Forsch ging ich zur offenen Tür, spähte hinaus in den Korridor. Dieser Gang, das Wandgemäuer aus Sandsteinblöcken, maß in der Länge etwa zehn Meter, was den Vorteil bot, jeden Raum unserer Friedhofshalle über kurze Wege zu erreichen. Zum Versammlungsplatz, also jenem Bereich, der während einer Trauerzeremonie für Angehörige wie Gäste bestimmt war, gelangte man durch eine große Schiebetür mit Glas-Ornamenten.

Azubi Till hatte sein Museumsexemplar von Stuhl dicht an die südliche Korridorwand gerückt. Seine Aufmerksamkeit war ebenfalls mit dem Handy verschmolzen, und vom Chef war nicht mal ein Schatten zu erhaschen.

Ich pflanzte mich auf die freie Sitzgelegenheit neben dem Lehrling. Der steckte im piekfeinen Berufsgewand und war frisiert wie ein Mannequin mit Catwalk-Ambitionen. Das schmale Gesicht trug Gelassenheit zur Schau; auch ihm lag daran, den Verdruss über die Mittagshitze unter der Oberfläche zu halten. Trotz dieser Anstrengung bemerkte ich vage Unsicherheit.

Ich lehnte mich leicht zu ihm rüber.

»Na, wo ist denn unser Meister abgeblieben?« Mein Ton war auf Kameradschaft bedacht; Stunk und Stichelei liefen meiner Arbeitsmoral zuwider.

»Toilette«, ließ mich der Stift wissen, wobei er für ganze zwei Sekunden seine Nase aus dem Display zog.

Ich nickte nur, lauschte was unser Pfaffe über die Decken-Boxen mitteilte. Eben sagte er: »Wir danken für diesen Nachruf! Hören wir jetzt noch einmal den Kirchenchor mit dem Lied…«

Mit Grübelfalten auf der Stirn kehrte Gregor Bald vom WC zurück. Die Transpirationsnässe zwischen Haaransatz und Kinnspitze schien eliminiert. Er fischte eine Rolex aus der Gesäßtasche, veredelte mittels 925er Sterlingsilber sein rechtes Handgelenk. Dann winkte der Bestatter seinen Schützling zu sich. Es sollte eine Unterweisung im Sarg-Separee des Korridors folgen.

Bereit für den Ehrendienst traten meine Kollegen aus dem Warteraum, General Heufluß und Patriot

Brückle dicht hintereinander. Unser Situationskomiker brauchte noch 'ne Minute, da er vor lauter Handy und Tetris und Bausteinchen und *Next Level* die Wichtigkeit seiner Trinkration verschwitzte.

Als Kleinboot dann zum Team stieß entging mir keineswegs, wie sein humoriger Gesichtsausdruck die Lage sondierte. Diesmal floppte es deutlich leiser über seine Zunge: »Vier oder sechs Mann? Herrje, des kann jo haider werda.« Ich erwiderte Dieters Lausbubenlächeln, gab zwinkernd zu verstehen, dass jemand seinen Humor teilte.

Sicher, die Ausgangssituation für unsere Truppe war alles andere als günstig. Doch wie streng und sauertöpfisch man auch aus der Wäsche schauen mochte – am Status quo konnte kein Menschenwille etwas ändern...

... Schließlich sind Müller und Heynrich überraschend ausgefallen. Müller hat sich beim frühsportlichen Tennis den Knöchel verstaucht, und Kamerad Heynrich ringt mit der schnellen Katharina aufgrund einer akuten Magenverstimmung.

Da die Heimgeholte einen Sarg aus robustem Eichenholz wünschte, zudem ihre lebenslange Beleibtheit kein Geheimnis gewesen ist, hat der Bestatter pro Sargseite drei

Kräfte eingeplant. Höhere Mächte wollen ihm aber nur zwei je Flanke zugestehen. Demnach steckt Bald in der Bredouille, was ihn hauptsächlich am Grab zum Improvisieren zwingt...

Abseits der Schiebetür, hinter der Blendhögels Ansprache ausklang, hatten wir um den Bestatter einen Halbkreis gebildet. Bald hielt die Stimme vergleichsweise leise, dabei quollen seine Augen aus den Höhlen wie die eines Stanley Kubrick am Set von The Shining – volles Maß an Konzentration.

»Männer, genau zuhören! Till, du weißt ja Bescheid. Also gut, ihr werdet am Grab folgende Positionen einnehmen: auf mein Zeichen müssen Walter und Richard ...«

Pfarrer Blendhögel sprach mit gravitätischer Stimme:

»Wohl auf, wohl an zum letzten Gang in
Jesu Namen!
Gott, mache unsre Herzen still, bring
uns zum ew'gen Leben – Amen!«

Die Gemeinde hatte sich erhoben. In würdevoller Haltung wohnten Jung und Alt diesem etwas anderen Christen-Gottesdienst bei.

Unter dem Geläut der Trauerglocke nahm ich meinen Platz am Sargwagen ein. Die Herren Kollegen zogen schneidig nach. Wir waren bereit.

Gewohnt professionell gab der Bestatter Handzeichen zur langsamen Vorwärtsbewegung. Das Spezialvehikel für den Transport des Leichnams war mit Griffstangen aus Metall versehen; fortbewegt wurde es auf vier tellergroßen Rädern. Das zugrunde liegende Prinzip hatte sich über viele Jahrtausende der Menschheitsgeschichte bewährt – simples Schieben oder Ziehen.

Über das Friedhofsgelände erstreckten sich mehrere Pflastersteinwege, die parallel zu allen Gräberparzellen verliefen. Kaum hatten wir die schattige Trauerhalle hinter uns, galt es – glücklicherweise nur wenige Meter – ein steiles Gefälle zu passieren. Weitaus ungünstiger war: ab hier brannte einem die Sonne mitten ins Gesicht. Frontal!

Zum Schutz der Augen hielt Heufluß seine freie Hand abschirmend vor die Stirn; Spezi Brückle zeigte ein ähnliches Verhalten gegen die Grelle. Die beiden Haudegen waren nur eine Sekunde unaufmerksam – sofort preschte der Sargwagen einen Ruck nach vorn. Kleinboot und ich reagierten, um den ungewollten Schlenker auszutarieren. Es gelang, der Leichenzug bemerkte nichts. Wenn es bloß bei diesem einen Schnitzer geblieben wäre...

Nun beschrieb unser Gang eine lange Gerade, gewissermaßen die Mitteletappe. Unter der sengenden Sommersonne setzte ich einen Fuß vor den anderen, die Totenbahre rollte an meiner rechten Seite. Die Spitze des Trauerzuges bildete der Kirchenchor von Pfaffenhofen. Andächtig schritten der Dorfgeistliche, die Familienangehörigen sowie allerhand Ehrengäste der Toten zum Geleit. In vereinter Christlichkeit trugen wir Frida Kaiglocke auf dem Pfaffenhofener Friedhof zu ihrer letzten Ruhestätte.

Uns Trägern war der mittlere Wegabschnitt am liebsten. Wohl aus taktischen Gründen – alles bestens überschaubar, flaches Terrain, hier waren üble Überraschungen ausgeschlossen. Dies war uns also bewusst, wodurch sich der pathetische Ernst auf unseren Mienen zu indolenter Gefasstheit umpolen ließ. Ich weiß ja nicht, was die anderen drei beim Grabesgang so dachten oder empfanden, aber für mich, für meine gefühlsmäßige Wahrnehmung war dieser Teil einer Erdbestattung der eindrucksvollste. Es war nämlich paradox: so stieg während des gottergebenen Dahinschreitens ein hehrer Optimismus in mir auf, obschon ich das für immer erkaltete Leben nur eine Armlänge neben mir wusste.

Mir gelang für einen weltentrückten Moment die Abschwörung von aller beengenden Egozentrik im Kosmos der Gegenwartskunst. Ja, es geschah gar mehr in meinen sensiblen Geistessphären – es war eine Art Horizonterweiterung, wie sie vielleicht der mythenforschende Hermann Hesse beim Baderitual im vorderindischen Ganges erlebte. Nur für mich *sichtbar* umschwebten die Musen mein Jünglingshaupt und sprachen mit frohlockenden Stimmen...

Wir haben ein gönnerisches Auge auf dein Schaffen und Wirken, werter Garçon Teemeyer! Wir wollen wachen über das Heil deiner Pinsel sowie über die Frische deiner Farben und den Nachschub der Leinwände! Ordne deine erste Mal-Dekade nur einem unter: dem trauten Wandel der Jahreszeiten. Es gibt Haupt- und Nebenwerke eines Künstlers; im fleißigen Quartal soll dir das eine wie das andere gelingen. Jedoch denke an die goldenen Saison-Regeln: Im Sommer müssen Licht und Helle dominieren; der Herbst ist ein Magier trickreicher Schattenspiele auf bunter Bühne. Die Wintermonate offenbaren dem Betrachter das Geheimnis der Sternennächte und geben Beispiel für wilde Schneelandschaften, welche die vier Elemente beherrschen. Und endlich ersprießt der Frühling auf der Staffelei; es bleibt Fläche fürs sattgrüne Idyll, sprudelnde Waldquellen beleben das Reich der Tiere.

Und ein Letztes lass dir gesagt sein – NIE, junger Malerfreund, darfst du dies vergessen: Über Pfade der Demut und Entsagung geht's zuweilen hinauf zu den Hallen des Ruhmes!

Und wie ich an namhafte Galerien dachte, im Geiste meine Werke bis in die Stadt der Liebe verschickte, bisweilen träumerisch hoch zur Bläue des Sommers blinzelte, da erreichten wir das finale Wegstück.

Wir rückten noch näher in den begehbaren Radius des Grabes vor. Dann zischte das kalkulierte »Stopp!« vonseiten des Chefs zu uns. Anschließend gab Gregor Bald seinem Azubi das Signal – jetzt mit anpacken, Till! Schnurstracks stand ein Helfer mehr am Sarg parat, allerdings vermisste ich eine Portion Entschlossenheit im Lehrlingsgesicht. Unwillkürlich wuchsen meine Bedenken.

Hat der etwa Muffensausen? Wär's möglich, dass Till heute zum allerersten Mal für die Grablegung mitverantwortlich ist – rein technisch gesehen?

Auf das Kommando »Hoch, hoch!« hievten wir Frida in die Höhe, ließen sie zwei Sekunden *frei schweben*, damit der Bestatter das Fahrgestell im Hintergrund abstellen konnte.

Behutsam und mit großem Kraftaufwand trugen wir den Sarg ans offene Grab. Walter schnitt unter der Anstrengung bizarre Grimassen; Heufluß und Kleinboot keuchten verhalten.

Wir setzten das schwere Eichenholz auf drei armbreite Stützbalken ab, welche quer über dem Grab lagen. Wie sehr ich mich auch auf meinen Part konzentrierte: die Präsenz der Trauergemeinde ließ sich nicht ausblenden. Zahllose Beobachteraugen, von denen manche zu den Makel suchenden Spießern gehörten, musste man wohl oder übel erdulden. Die Trittgeräusche in Hörweite verstummten allmählich.

Der Bestatter prüfte wieselflink die Position des Sarges, machte dann den Leichenmännern Heufluß und Brückle das Zeichen »zur Mitte«, ehe er sich selbst am Kopfteil der geweihten Totenkiste platzierte. Für einen Wimpernschlag war ich verblüfft – einen Boss, der Strapazen bei solcher Hitze tatsächlich hinnahm, sah man nicht alle Tage.

Nahe dem Grab hatte sich der Kirchenchor aufgestellt; das musikalische Grüppchen und sein Dirigent standen für ein letztes Loblied bereit.

Im leicht gespreizten Stand, mit gesenktem Haupt und übereinander gelegten Händen blickte ich auf den blumengeschmückten Sargdeckel nieder. Der Philosoph in mir kapitulierte und gestand zugleich: *Nichts ist von stärkerer Unbeugsamkeit als der Tod. Eine äonenalte Erkenntnis – deren finstere Tiefe kein Menschenverstand auszuloten vermag.*
Und während einem unaussprechliche Ehrfurcht vor dem Kreislauf des Lebens in alle Glieder kroch, begann der Chorleiter seinen Taktstock zum Grablied zu schwingen.

Mit dem Ausklang der ersten Strophe griffen fünf Mann des Teams nach den jeweiligen Seilenden, die gleich neben den Vierkanthölzern bereitlagen. Lediglich unser weißbärtiger General löste sich aus der Formation, um die drei Stützbalken zu entfernen. Dies war mit ein paar Handgriffen erledigt.

Der General eilte auf seinen Posten zurück, angelte sich seinen Haltestrick zwischen die Fäuste und nickte bekräftigend – Heufluß war ebenfalls bereit.

Von diesem Moment an musste es wortwörtlich laufen wie am Schnürchen.

Wir strafften synchron die Seile, um uns der nötigen Balance zu vergewissern. »Ab, langsam! Vorsichtig – ab!« Die Kommandos vom Bestatter waren deutlich, mit Wiederholung dergleichen sorgte General Heufluß für zusätzliche Sicherheit.

Uns tropfte der Schweiß von der Stirn, als wir den Halteseilen erstmals Spiel gaben. Stück für Stück, begleitet vom Trauergesang des Chores, glitt der Sarg *unter* die Erde. Und eigenwillig[3] zerrte die Schwerkraft an meinen Armen. Für zwei knochenbrecherische Sekunden glaubte ich, eine überdimensionale Backform aus Blei zu versenken!

Die Sonne knallte einem auf den Schädel, röstete einem den Nacken kross; Choralstimmen voll Wehmut schwirrten einem um die Ohren – und in dieser Minute brach das Unglück über diesen höllenheißen Julitag herein. Uns Ehrenmänner sollte es eiskalt erwischen...

Wir hatten schon die Hälfte der Grabtiefe gemeistert, als ein Hilfeschrei den Kirchenchor verstummen ließ. Schlagartig erhob sich pochende Unruhe inmitten des Trauerpublikums. Alle Köpfe fuhren herum – irgendwer musste unter der Schwere dieser Abschiedsstunde zusammengebrochen sein.

Alles, was mein Adlerauge einfangen konnte, war die hagere Gestalt des Doktor Fabel aus Zaberfeld, der sich eine Schneise durch die Menge schlug. Dies registrierte leider auch unser Grünschnabel Till, der Azubi. Ich schielte zu ihm rüber – kreidebleich war sein Jungengesicht, Verstörtheit lähmte ihn wie der Spinnenbiss die Grille.

Und Knall auf Fall spielte uns das Leben übel mit: die extrabreite Holztruhe wollte nicht mehr wie wir wollten.

Wir zogen und zerrten an den Stricken, Spezi Walter schimpfte dabei wie ein Bierkutscher; Flüche schwappten ins hohle Erdreich hinab, welches förmlich zu schrumpfen schien.

»Stopp! Vorsicht, sage ich! Des klappt nicht! Halten, Till!«

Balds Befehle stießen auf taube Ohren. Denn Tills schreckgeschwächte Handlungsfähigkeit, gepaart mit dem gnadenlosen Gesetz der Schwerkraft, machte in Sekundenschnelle zunichte, was bei einer Grablegung das A und O bedeutet: die Balance im Absenken.

Mit einem grässlichen Geräusch krachte der Sarg auf die feuchte Erde nieder. Der Bestatter nebst seinem General rissen vor Entrüstung Mund und Augen auf, als sie das Fiasko realisierten.

Himmelgrundgütiger! – Kaiglockes Sarg war aufs Schlimmste in Schieflage geraten! Dieser Anblick glich einem unverzeihlichen Affront gegen das ökumenische Bestattungswesen.

Und nun? Was tun?! Wer oder was kann jetzt noch helfen?

Gregor Bald ärgerte sich grün und blau, worauf der arme Lehrbursche am liebsten im Erdboden versunken wäre. Inmitten der Trauergemeinde herrschten nach wie vor Unruhe und Besorgnis, die uns Leichenträgern jedoch so fern wie Windhuk schien. Wir hatten ja *hier* zu kauen!

Ausgerechnet unser Situationskomiker bellte mit der ihm angeborenen Chuzpe, was ich nicht zu flüstern wagte: »Einer muss sofort da runter! Gleich jetzt, Gregor, des merkt doch keiner. Mensch, die Not kennt kein Gebot!«

Der General war derselben Meinung. »Isch so! Dieter hat recht – jetzt oder nie, Gregor! Wer soll runter?«

Infolge der Hühnerhaufen-Hektik blieb unsere Crew an der Grabstelle minutenlang unbeobachtet. Selbst der rußschwarze Talar war zur Menge geeilt, um statt Bibelworte besänftigende Ruhe zu predigen. Die wackere Unterstützung vom Kirchenchor hatte er dabei auf seiner Seite.

Dem Bestatter fiel die Einwilligung zum sofortigen Handeln dermaßen schwer, dass er kaum den Kopf in meine Richtung wenden konnte. Endlich ließ er uns wissen: »Nur der Maler kann's machen. Sie alleine, Teemeyer! Sie haben die nötige Fitness in den Beinen... Und jeglicher Schaden geht auf meine Kappe. Okay?«

Aha! So also verteilt das Schicksal gut platzierte Kinnhaken!

Ich blinzelte baff in die Grube zu meinen Füßen, sah dann nicht weniger ungläubig den Leichenchef an.

»*Da* soll ich runtersteigen?«

Bald blieb bei seiner Entscheidung: »Steigen, klettern, springen – Hauptsache der Sarg liegt richtig! Wir halten hier oben die Leute in Schach. Und man darf keine Sekunde verlieren – also los!«

Der alte Nietzsche hätte wohl auf uns ewig irrende Menschengemüter seinen Spottvers zu schimpfen gewusst,

vielleicht so: Angesichts der Toten und ihrer Seelen in der Ewigkeit – NUR KEINE ZEIT VERLIEREN!
Dem Bestatter sowie der Not gehorchend nahm ich all meinen Mut zusammen und wagte den kühnen Sprung hinab ins Zwielicht des Grabes...
Zwei Minuten später war die Angelegenheit bereinigt und die Kulisse ums Grab erschien allen Trauernden so, wie sich das Herr Bald schon beim Frühstück vorgestellt hatte – nämlich mit Ehrgefühl und Würde für die Hinterbliebenen arrangiert.

Die Beisetzungsfeier für Frida Kaiglocke fand ihren rituellen Abschluss unter dem Segen von Pfarrer Blendhögel. Übrigens ging den Turbulenzen inmitten der Friedhofsgäste der Asthmaanfall eines Grundschülers voraus; zur Erleichterung aller blieb dessen Atemnot ohne ernsthafte Folgen.

Gegen Viertel nach zwei wollte ich den Pfaffenhofener Friedhof wieder verlassen. Ja, ich gedachte meinen neuen Heldenstatus zu Hause ein wenig auszukosten. Gerne mit Longdrinks und einer Hippie-LP von Eric Burdon.

Meine Nobelschuhe waren noch zehn Meter vom gusseisernen Tor entfernt, als mich eine bekannte Stimme zurückhielt: »Teemeyer! Warten Sie mal!«

Es war Gregor Bald, der mir im Sauseschritt nacheilte. Der erforderliche Gräber-Slalom gelang ihm dabei mit Bravour. Ich glaubte schlecht zu hören, als er im Ton des Ordnungshüters meinte: »Wir zwei haben noch was zu klären, oder nicht?«

»Ah ja? Das wäre?« Ich hatte genug von toten Großmüttern – duschen und vergessen wollte ich allen Grabesspuk.

Der Bestatter stand vor mir, formte die Lippen zu einem seltenen Lächeln. »Besondere Leistungen sind besonders zu würdigen«, sagte er und öffnete mit feierlichem Schwung im Handgelenk seine Börse aus Hirschleder. Ich war überrascht als er zwei bläuliche Scheine zückte.

Mit aufrichtigem Dank verstaute ich das Extrahonorar, feine 40 Euro, im Jackett und trat den Heimweg an. Beim Gedanken an mein kühles Belohnungsgetränk vergaß ich den grimmigen Gevatter Tod. Und hey! 70 Euro für eine Stunde Körperertüchtigung – echt keine schlechte Gage, Monsieur Jungmaler!

Fliehende Hoffnung

> Ist der Mensch nicht veraltert, verwelkt,
> ist er nicht wie ein abgefallen Blatt, das
> seinen Stamm nicht wiederfindet und
> nun umhergescheucht wird von den
> Winden, bis es der Sand begräbt?
> Hölderin ~ HYPERION

Fünf Minuten vor Mitternacht.
Seine Geschäfte warten. Am Stadtrand. Zeit zum Arbeiten. Ihre Katzenaugen suchen seinen Blick. Sie will etwas von ihm wissen. Dieses Ahnen und Vermuten hat sie gehörig satt.

WIE LANGE NOCH?, will sie schreien. Aber bleibt stumm wie ein Grab. Vage Ängstlichkeit steht ihrem Vorhaben ihm Weg. Sie muss ihm unbedingt in die Seele schauen. Wo versteckt er seine Liebe für diese Welt? Seine Verantwortung? Seine Moral? Immer seltener gelingen ihm die einfachsten Liebesbeweise... Wangenkuss... Spontangeschenk... eine rote Rose.

Er schüttelt den Kopf und schiebt sie beiseite wie ein sperriges Möbelstück. Nicht brutal, nicht mal grob. Einfach nur abwesend. Jetzt zählen Konzentration und Professionalität. Er stellt sich ans Fenster, schaut auf die Zeiger seiner Armbanduhr. TAG HEUER, Monaco Steve McQueen, stylisches Modell.

Wo bleibt der Fahrer?

Es ist jedes Mal eine Limousine, nur die Hersteller wechseln sich ab: Stern aus Stuttgart, Ringe aus Neckarsulm, Motoren aus Bayern oder die Wolfsburger Autoschmiede. Selten ein Amerikaner oder Engländer; zu auffällig in diesem Stadtviertel. Außerdem ist er Patriot mit dem Hang zum Extremen. *Deutschland den Deutschen! Alle Fremdreligionen verbieten!* Manchmal redet er so, aber nur manchmal.

Zwei Minuten vor Mitternacht verlässt er die Wohnung im 9. Stock. Ihn begleitet eine ausgefranste Sporttasche. Die kugelsichere Weste hat er angelegt, darüber einen CARHARTT-Hoodie.
Skater-Look zur Tarnung. 60 Minuten, sagt er noch. Wenn du so lange keine SMS bekommst, verlässt du die Stadt. Für immer!

Rasch nimmt sie seinen Platz am Fenster ein. Eine fünfspurige Chaussee mit Fußgängerüberweg trennt ihren Apartment-Block vom zentralen Busbahnhof. Sie lehnt sich mit der Stirn an die Scheibe. Autolichter huschen über den tauben Asphalt. Ein Taxi hupt, Signale der Ungeduld. Dort unten schleichen Schatten ins Nichts; stehlen sich dreist wie Gespenster aus ihrem Blickfeld. Kaum einer der Spätgänger verharrt länger an einem Punkt. Die Herbstnacht da draußen scheint nicht jedermanns Freund zu sein. Und IHR Freund?

Er schaut auf seinen Zeitmesser, ist pünktlich und professionell. Warten, warten, warten. Geduld ist keine seiner Stärken. Deren Bereicherung als Jugendlicher nie vermittelt bekommen, hat er mal in einem Anfall von Nostalgie erzählt. Launisch hat sie entgegnet: die vier Wände im Kittchen lehren jeden das Wartenkönnen.

O Hilfe, Zynismus!

Neben einem schlafenden Omnibus hält die Limousine. Audi A8, die Lackierung – ein Weiß wie Neuschnee. Weiß steht unter anderem für Unschuld... Makellosigkeit... Tja, Tarnung ist alles. Fast alles, Liebster.

Eine der hinteren Wagentüren schwingt auf. Ohne Zögern wagt er sich ins dunkle Reich der Unterwelt. Dieser Moment lässt ihr das Blut in den Adern gefrieren. Jedes Mal aufs Neue! Denn diese zwei Sekunden lassen durchschimmern, in welche Hölle einen die Habgier treiben kann! Sie nicht weniger als ihn.

Jaja, ihre Kundenliste ist so lang wie exklusiv. Viel und hauptsächlich Neureiche, teils High-Society. Die Weiße Ware aus Mittelamerika ist sehr gefragt. Der Neckarsulmer Nobelschlitten fährt an und braust mit Vollgas den nächtlichen Geschäften entgegen. Die Partner, Bosse mit Bodyguards, warten am Stadtrand. Alte Stahlfabrik. Ein stahlharter Wille – wo ist der bei ihr?

Sie ist hauptberuflich Stewardess. Ihre Airline fliegt Tag für Tag die deutschen Metropolen an. Berlin, Hamburg, München. In den Großstädten sitzt und schmachtet die Kundschaft. Alle vergnügungssüchtig. An den Wochenenden: solvente Schniefernasen unter Deutschlands Nachthimmel. Niemals gibt es *Schnee* für dealende Kleingangster oder Junkies mit Todessehnsucht. Wäre bei solcher Klientel das Risiko vielleicht geringer? Verfluchtes Risiko!

Unversehens zittern ihre Hände. Weshalb? Weil *wir* nicht ewig so lügen und leben können. Urlaub auf den Balearen, Kreuzfahrt durch die Karibik, Essen beim Gourmet-Koch, Designer-Klamotten, exzessiver Körperkult, Sportwagen-Leasing, dazu den ganzen Apfel-Schnickschnack.

Das Schicksal sieht und weiß es: unverdienter Reichtum, unverdientes Glück, unverdient frei... Warum weint sie jetzt? Weil SIE ihre Freiheit wie den letzten Dreck behandelt? Ein Stück Abfall im

Eimer – ist *sie* das in Wahrheit?! Ihre Gedanken schwanken zwischen Ja und Nein, zwischen Vernunft und Wahnsinn. Ihre Sinne schweifen ins Exil. Süden, Sonne, Palmen, Wärme, sex on the beach; lieber nur den Cocktail, dafür aber ein ehrliches Leben...

Nichts als Illusionen? Eine Art Ohnmacht trocknet ihre Tränen, narkotisiert die Selbstverachtung. Sie zückt ihr Smartphone, prüft die Uhrzeit.

Wieder hat *sie* begonnen. Monat für Monat schleust *sie* ein Gift durch ihre jungen Venen: diese verhasste Stunde der fliehenden Hoffnung. Und sie spürt es, wie man den Wechsel der Jahreszeiten spüren kann – *es* wird wirken. Tief in ihrem Herzen. Eines Nachts wird das Gift der fliehenden Hoffnung wirken. *Tödlich* wirken.

Das Jesu-Mädchen und Eure letzte Prüfung

Im Dorf Brescello, etwa 150 Kilometer südöstlich von Mailand, lebte vor langer Zeit ein alter Mesner, der seinen Mitmenschen gerne die Geschichte von einem merkwürdigen Mädchen erzählte. Dieses Mädchen hatte saphirblaue Augen, die stets freundlich aus einem ovalen Antlitz blickten. Und das hellblonde Haar fiel wie Seide auf ihre blutjungen Schultern. Ihr kurzer Weg in dieser Welt wurde von einem Diener des Höchsten begleitet.

Pater Alessandro Parenti genoss seinen Ruhestand in der kleinen Gemeinde Fontanelle di Roccabianca unweit des Flusses Po. Der Gläubige trug gegen die Ermattung seiner Augen eine kantige Brille, darunter strotzte ein weißer Rauschebart. Nicht selten musste er sein Gebiss für Reparaturen nach der Stadt Parma zu einem Spezialisten schicken.

Trotz äußerlicher Gebrechen war das Blut in seinen Adern gesund und sein Geist um vorbildliche Wachheit bemüht. Hin und wieder kam es vor, dass Muskeln und Gelenke ihren Dienst verweigerten. Mit etwas geknicktem Stolz nahm er dann hin, dass der Allmächtige ihm die Bekanntschaft eines Gehstocks nicht erspart hatte. Der Gottesmann war übrigens eine sehr gebildete und weitgereiste Persönlichkeit aus einer angesehenen Familie der Provinz Vibo Valentia an der Stiefelspitze Italiens.

In der beschaulichen Dorfkirche hielt er die vom Gemeinderat protegierte Sonntagsschule ab. Diese hatte zum Zweck, Jungen wie Mädchen im Alter zwischen 8 und 12 Jahren väterlich anzuhalten, Gottes Stimme in ihr junges Leben sprechen zu lassen. Auf diese Geistesschulung einmal angesprochen, gab Parenti zur Antwort: »Ich empfinde es als besondere Gnade, die Verkündung des Evangeliums bis ins hohe Alter ausüben zu dürfen.«

Im Grunde waren die elf Jungs an jedem Sonntagnachmittag erstaunlich interessierte Zuhörer. Auch die neun Mädchen gelobten, die Lehren des Katechismus im Alltag befolgen zu wollen. Diese

Schar aus Ave-Maria-Betern um sich zu haben, gab dem hochbetagten Prediger mehr Lebenskraft als jedes andere Ereignis der Woche. Er besuchte auch regelmäßig die Eltern seiner Schüler, auf der Zunge reine Worte des Lobes, und an den jeweiligen Ehrentagen wusste er mit einem kleinen Geschenk zu überraschen. Alle glaubten voll Zuversicht an das Paradies, weit über den Köpfen der Menschheit. Und allesamt waren sie imstande, den Verführungen des Antichristen zu widerstehen. In dieser seligen Eintracht erblühte der Frühling zwischen den Hügelketten der Po-Ebene. Und genau sechs Tage nach Frühlingsanfang zeigte der Kalender auf Sonntag.

Pater Parenti hatte sein Mittagsschläfchen etwas zu lange gehalten und erschien deshalb nicht auf die Minute zum Unterricht. Alle seine 20 Zöglinge saßen schon eingereiht auf den vorderen vier Kirchenbänken und tauschten rätselnde bis verlegene Blicke.

Nanu, wo könnte der Schuh heute drücken?
Eine Aura des Unbehagens streifte die sensiblen Antennen über seinem ergrauten, 80-jährigen Haupt.

Es gehörte zum Anfang der Stunde, dass die Schülerschaft pro Nase eine Zahl nannte, logischerweise bei eins beginnend. Dieses banale

Durchzählen – Jungen wie Mädchen standen dabei in aufrechter Körperhaltung – bedeutete dem Pfarrer nicht nur eine Überprüfung der Anwesenheit, sondern vielmehr einen Übungsakt eiserner Disziplin. Letztere wusste das Leben ja in unerbittlicher Regelmäßigkeit von uns Menschenkindern zu fordern.

Eben wurde die Zahl 7 genannt, und der Dorfpfarrer wandte sich schon emsig seinem Bibeltext zu. Er stand nun mit leicht gebeugtem Rücken zu seinem gottesfürchtigen Publikum. Ungewohnt leise folgten die Zahlen 10 bis 15; und kaum noch vernehmbar schwebten Numero 16, 17, 18, 19 und 20 bis vor zum Gottesdiener und dessen Altar – im scheuen Flüsterton!

Der Pater wollte sich gerade umdrehen, als eine unüberhörbare Stimme erschallte: »21! 21!«

Dem Methusalem im sakralen Talar stockte für einen Augenblick der Atem. Entgeistert gafften die 20 Augenpaare seiner Sonntagsschüler auf ein fremdes Mädchen, welches reglos in der sechsten Bankreihe saß.

Wortlos tat er einen Schritt nach vorn. Zwischen dem mittelalterlichen Gemäuer der Kirche lag eine Stille wie man sie als Seelenhirt nur wenige Male im Leben verspüren darf. Oder verspüren muss.

Unwillkürlich zog er seine Taschenuhr hervor, ließ den Deckel springen und ordnete die Zeiger.

14.06 Uhr.

Die Stille dauerte an. Alle Knaben starrten wie gebannt in das unbekannte Gesicht mit den saphirblauen Augen. Nicht weniger galt das Interesse der Mädchen dieser Fremden. Sie war ihnen – zumindest äußerlich – bemerkbar ähnlich und doch so faszinierend anders. Jeder sperrte die Lauscher auf, um das grazile Geschöpf ein zweites Mal sprechen zu hören. Als der Pfarrer das Wort ergreifen wollte, reckte das Mädchen lächelnd den Hals, seine Aufmerksamkeit suchend.

»Mein Name ist Magda!«, stieg ihre engelreine Stimme bis hoch zum Kirchenschiff. »Ich will hier bei euch sein, um Jesus kennenzulernen!«

Dem Pater war sofort klar, dass ihr Tonfall so etwas wie Ironie nicht kannte. Und niemals kennen würde.

Das Mädchen erschien nun jeden Sonntag zum Unterricht des meisterlichen Predigers mit dem weißen Rauschebart. Sie war stets barfuß und trug ein zitronengelbes Kleid von weitem Schnitt. Woche für Woche traf Magda pünktlich in der Kirche ein. Es störte den Gottesvertreter keineswegs, dass sie bittend bevorzugte, alleine in der sechsten Bankreihe zu sitzen. Und je mehr sie von der Andacht des Dorfgeistlichen gefesselt war, desto intensiver leuchtete das Blau eines Saphirs aus ihren Augen über die Häupter der anderen Schüler hinweg.

Ihr Interesse am Glauben, dieser brennende Wissensdrang betreffend allem, was Christus an Wundern vollbrachte, war mit keinem Wörtchen zu tadeln – mit keinem. Des Öfteren stellte sie so tiefsinnige Fragen, dass Pater Parenti all seine Geisteskräfte bündeln musste, um einleuchtende Antworten geben zu können. Nein, Magdas Anwesenheit hätte sein geistiges Wohlbefinden gewiss nie beeinträchtigt, wenn da nicht die 20 anderen Kinderseelen unterm Dach *seines* Gotteshauses gewesen wären...

Unaufhaltsam zogen die Monate ins Land. Es war eine Woche nach Sommeranfang, als er sich eines Abends mit tränenfeuchten Wangen unter das Fenster seiner Schlafkammer kniete. Vom Fenstersims aus blickte eine handgroße Madonnenskulptur in seine halb geschlossenen Augen. Ihre Hülle war aus beständiger, Jahrhunderte überdauernder Bronze gegossen, und momentan nahm sie ein spätes Lichtbad, welches dem Quell des Mondscheins entsprang.

Der Hochbetagte zu ihren Füßen riss verzweifelt beide Arme gen Zimmerdecke, rief: »Warum?

Weshalb? O Herr – Du siehst es doch! Ich bin alt, meine Kräfte lassen nach. Mein Herz ist schwer vor Kummer und Sorge; mein Gang nicht leichter, wenn ich unsere Kirche betrete. Sonntag für Sonntag stelle ich mich dienend in Dein Haus, um einer Schar Heranwachsender den einzig wahren Weg im Leben zu weisen. Sind es nicht deine Kinder? – viel mehr als die meinen?! Doch! Doch und nochmals doch!«

Er hielt inne, zügelte seinen Unmut. Es sackte ihm das Haupt nach unten, mit beherrschter Stimme fuhr er fort: »Gewiss, ich habe verstanden. Längst habe ich begriffen, dass Du mir eine letzte irdische Prüfung auferlegt hast. Du hast dieses graziöse Geschöpf in unser Dorf geschickt, um mir vor Augen zu führen, wie blutwenig Glaubensgehorsam in Wahrheit in den Seelen meiner Schüler wohnt. Ist dem nicht so? Ich spüre Dein Ja auf meine Stirn gehaucht, o Herr.

Jetzt will ich Dir abermals klagen, was Du ohnehin schon weißt: Seit Magdas Erscheinen leidet die Gruppe am Fieber der Unaufmerksamkeit. Insbesondere meine Knaben sind davon betroffen. Jeder möchte ihr nah sein, am liebsten einen Platz links oder rechts von ihr ergattern. Dies aber duldet sie nicht. Nein, sie möchte alleine in einer Reihe sitzen. Als Autorität gewähre ich Magda diesen Wunsch. Warum ihre Konzentration einer unnötigen Beeinträchtigung aussetzen? Darauf reagieren die Jungs jedoch mit Bosheit und Widerreden, manche trotzig wie Bälge aus dem Kinderhort. Dies wiederum animiert die Mädchen zu Spöttelei und Gekicher. Und im Nu ist unser Beisammensein von Zwietracht zersetzt, welche mir zunehmend die Freude an der Verkündung Deiner Botschaft raubt. Neulich nach dem Unterricht, Du hast es tatenlos beobachtet, konnte ich eine Rauferei zwischen den Burschen in letzter Sekunde verhindern.

Und noch was möchte ich vorbringen: zwei der Maiden und drei der Buben haben vermehrt schon die Stunde versäumt; vielleicht geschwänzt? Du kennst die Gründe hierfür sicherlich besser als sie selbst.«

Alessandro Parenti blickte wieder auf zum Himmelszelt.

»O Herr, habe Erbarmen! Ich erbitte aus tiefster Seele den alten Frieden zurück. Mich schmerzen Niederträchtigkeit und Gebotsbrüche unter der Gnade Deiner Allmacht. Darum: gebe diesen Knaben Vernunft und Gehorsam ein! Reinige in jedem von ihnen den Geist! Auf dass keines Deiner Kinder vom rechten Wege abkomme! Ein Letztes noch: Herr, bis zu welchem Tage wird das Prüfen meines Glaubens, meiner Treue zu Dir andauern? Wann erlöst Du mich? Ich werde auf Dein Zeichen warten... hoffen, vertrauen... Amen!«

Weitere Wochen ohne eine Gnadentat des Allmächtigen vergingen. Dennoch blieb Pater Parenti in seinem religiösen Harren standhaft wie eine Eiche. Tief im Inneren fühlte er, dass sein Gottvater ihn für alle Aufopferung und Mühsal entlohnen würde.

Es wurde Juli, Zeit des Heumondes. Mittlerweile schien das am Rathaus ausgehängte Thermometer keine Marken mehr unter der 30 zu kennen. Einen Tag vor Beginn der Sommerferien trafen zwei Holzkisten im Privathaus des pensionierten Dorfpfarrers ein. Die Postlieferung entpuppte sich als großzügige Sammelspende; Absender: Vatikan. Erst zur letzten Unterrichtseinheit vor den Ferien ließ man beide Holztruhen in die Kirche verfrachten.

Urplötzlich herrschte während der Andacht vorbildhafte Ruhe. Heute trübte keinerlei Zank und Zorn die Stimmung unter dem Dach Jesu Christi. Die Jungen und Mädchen waren auf die Überraschung aus dem Vatikan so erpicht wie eine Meute Piraten auf den ersehnten Schatz.

Wie versprochen wurden die zwei Holztruhen gleich nach Unterrichtsende vor aller Kinderaugen geöffnet. Der Altkatholik verteilte die Gaben unter seinen Schützlingen, wobei er auf Gerechtigkeit achtete. Die Ferien-Spende bestand aus einem bunten Allerlei: zwei Fußbälle, Western-Heftchen, Brettspiele, Zeichenpapier, Dutzende von Ohrringen, haufenweise Malkreide, Haarbänder und gefärbte Zierschleifen; auch Sonnenkäppis und über 25 Paar Sandalen fischten die Pfarrershände aus den Tiefen der Truhen.

Freilich war manches Geschenk gefragter, ein anderes eher weniger. Fest stand jedoch, dass man der Langeweile in den kommenden Wochen weidlich den Wind aus den Segeln nehmen würde. Einige der Beschenkten jauchzten vor Freude, andere waren beim Anblick neuer Spielzeuge in eine Art ekstatische Ohnmacht gefallen und schienen sich – um den Zauber zu halten – keinen Zentimeter mehr rühren zu wollen. Selten zuvor hatte diese kleine Dorfkirche solche Wellen der Euphorie zwischen Altar und Eingangsbogen hochbranden sehen.

Der greise Mentor blickte sich warmherzig um, wähnte alle Gemüter im Kreise wunschlos zufrieden. Erst jetzt fiel ihm auf, dass sich bis auf Magda alle an den ›Schatztruhen‹ bereichert hatten.

Wie Piraten der Südsee!

Nur das Mädchen im zitronengelben Kleid hatte sich, ohne eine Geste des Begehrens, im Hintergrund gehalten – nichts weiter getan als die anderen im Rausch ihrer Habgier beobachtet. Und zugewartet.

Pater Parenti winkte sie heran, nahe vor die Kisten, welche auf einer breiten Nebenbank standen. Er hoffte inniglich, Magda dieselbe Freude wie den anderen bereiten zu können. Eifrig angelte er die letzten drei Paar Sandalen heraus. Sie probierte die verschiedenen Größen durch, hatte schließlich Erfolg. Na, wunderbar: das Sommer-Schuhwerk passte wie angegossen. Mit stillvergnügter Miene stellte sich das Mädchen vor die andere, bereits geschlossene Holzkiste.

Mitleidig ließ der Gottesdiener die Mundwinkel hängen.

»Ist leer. Nichts mehr drin, Magda. Aber ich bin sicher, dass – « Er brach ab, da sie den Zeigefinger hob und beharrlich auf die Truhe deutete. »Können Sie die Kiste noch einmal öffnen? Nur einmal, bitte.«

»Na fein, mein Kind.« Über ihren Starrsinn schmunzelnd hob er leichtfertig den Klappdeckel an. Fast wären ihm die Gesichtszüge entgleist.

Magda bemerkte seine Verblüffung und sagte: »Hab ich denn Recht? Ist noch ein zweites

Geschenk für mich da?«

Der Prediger hätte lügen müssen – und dies würde er im Tempel eines Herrn Jesu Christi niemals wagen. Niemals! Also griff seine Rechte bis zum Truhenboden hinab, um eine bedruckte Postkarte ans Tageslicht zu fördern.

Habe ich das Kärtchen zuvor schlicht übersehen?

Sichtlich verwundert reichte er dem Mädchen seinen – oder ihren? – Fund, welchen sie freudestrahlend entgegennahm. Auf der Postkarte war eine berühmte Schauspielerin aus Hollywood abgebildet, deren Pose und Kostüm an eine Vertreterin der griechischen Mythologie erinnerten. Von ihrer Grazie abgesehen, stach bei dieser Göttin eine zweite Auffälligkeit ins Auge: ihre hellblonde Mähne wurde von einem bunt leuchtenden Blumengeflecht geschmückt.

Ohne ein weiteres Wort huschte das Mädchen aus der Kirche. Magdas Ziel waren die blühenden Wiesen und Felder nahe dem Flussufer. Der Dorfgeistliche sah ihr duldsam nickend nach, hielt sie mit keiner Silbe zurück. Von heute an würde er Magda wohl für einige Zeit nicht mehr zu Gesicht bekommen. Dieser Gedanke, nein, diese leise Gewissheit beschied ihm unsagbare Erleichterung.

Um die Strapazen der letzten Zeit leichter verwinden und neue Kräfte schöpfen zu können, reiste Alessandro Parenti eine Woche später per Eisenbahn gen Süden des Landes. Sein bester Freund lebte auf Sizilien in einer abgelegenen Finca bei Catania. Sämtliche Wohnräume des Anwesens boten eine moderne Ausstattung, einschließlich Deckenventilatoren.

Einen kleinen Vorgeschmack aufs Paradies kannst du dir getrost genehmigen... So dachte Parenti eines Sommerabends und kostete bei Kerzenlicht von Pistazien und Rotwein, beides von erster Güte. Sein treuer Gefährte, wie er vom Schaukelstuhl aus die Idylle der Natur genießend, tat es ihm gleich. Manchmal saßen sie lange auf der Terrasse oder in der Gartenlaube beim Ententeich, um dem süßen Nichtstun zu frönen. Hatten ihnen dies nicht schon ihre Urahnen vorgelebt?

Wie er liebte auch sein Freund das Schachspiel, mäßige Spaziergänge sowie Plaudereien am Grillfeuer. Auch über den Wandel des Zeitgeistes konnten sich die zwei Greisenköpfe stundenlang auslassen. Eine Karaffe Wein ließ die Disputanten dabei zu rednerischer Höchstform auflaufen. Für von Hitze gelähmte Nachmittage hatte er sich einen Abenteuerroman des Literaten Jack London in den Koffer gepackt. Der Herr möge ihm dies niedrige Vergnügen gewisslich vergeben.

Unbestreitbar war es das Richtige, einmal mehr dieses Fleckchen Erde als sommerliche Erholungsstätte auszuwählen. Er wusste diese Abgeschirmtheit vor Hektik und Menschenlärm mit jeder Fiber seines oft geprüften Herzens zu wertschätzen. Ja, hier auf der Finca herrschten Friede und Ruhe; Tag für Tag, Stunde für Stunde...

Nicht mehr als Harmonie und Wohlbehagen für alle wünschte sich auch der Bürgermeister im Heimatdorf des Geistlichen. Unter der Hochsommerhitze schwitzend wie ein Feldochse, saß jener in seinem Amtszimmer und suchte mittels schwerer Kopfanstrengung nach einer leichten Lösung für *das Problem*. Die Lösung für eine Angelegenheit, wie er sie in 20, nein 21 Jahren Amtszeit nie erlebt hatte. Nie erleben musste!

Gebrochene Arme und Finger, Schürfwunden, zerkratzte Wangen ebenso wie markante Veilchen um die Augen. Die Mädchen kamen mit ausgerupften Haarsträhnen nach Hause, andere trugen ihre Dreck beschmierten Fetzen aus Blusenstoff heim, zig Würgemale obendrein. Ein streitlustiger Lümmel schoss mehrmals mit der Steinschleuder auf Magda – Sekunden später lief ihm das Blut aus dem Mund, rann über den schreckensbleichen Hals, ein Schneidezahn lag im Schmutz des Rinnsteins.

Die Eltern gewisser Jungen und Mädchen beschwerten sich bereits persönlich. Manche zerrten ihren lädierten Nachwuchs sogar bis vors Schreibpult des *borgomastro* von Fontanelle di Roccabianca.

Ob jemand gesehen habe, was gestern wieder Böses passiert sei? Wieso könne er nichts gegen *das Problem* unternehmen? Weshalb schaue er nur tatenlos zu? Die zwei Carabinieri im Dorf schenkten ihren Schilderungen keinen Glauben, deswegen sei man hier im Rathaus anstellig. Er müsse unverzüglich handeln, sonst sei man zu Gewalt gezwungen.

»GEWALT?!« Er brüllte dieses Wort in die jammernde Versammlung der Eltern. »Ihr wollt ein 12-jähriges Mädchen mit roher Gewalt zur Vernunft bringen? In *meinem* Dorfe?! Niemals werde ich dies dulden!! Woher weiß ich denn so genau, wer hier Vernunft und Verstand verloren hat?«

Ein Vater wagte, die Stimme zu erheben: »Wir fürchten, dass sie mit dem Teufel im Bunde steht. Ja, sie scheint so etwas wie übermenschliche Kräfte zu besitzen.«

»Mit dem Teufel, meinen Sie? Pofferbacco!« Der Bürgermeister zwang sich zu Sachlichkeit, spürte jedoch, wie ihm eine Gänsehaut über den Rücken jagte.

Eine Mutter ergänzte: »Meine Maiden erzählen, dass Magda von morgens bis abends so ein auffallendes Blumengeflecht im Haar trägt. Seltsam, wie ich finde. Ja, und des Sonntags muss es besonders schlimm mit ihr sein. Immer zwischen zwei und drei lungert sie da um die Kirche herum; sie spielt mit den Steinen, einem Hüpfseil oder singt Lobverse gen Himmel.«

»Aber das ist angeblich noch lange nicht alles«, warf der Ortsvorsteher mit spöttischer Ungeduld ein.

Eine andere Mutter versuchte so zu überzeugen: »Meine Tochter fragte einmal, warum sie sich derart beharrlich bei der Kirche aufhalte. Es sei ihre Mission, gab sie zur Antwort. Sie halte Wache, Sonntag für Sonntag. Und zwar bis unser Pater Parenti wieder vorne am Altar stehe, um aus der Heiligen Schrift zu lesen sowie für alle armen Kinder zu beten. Und wer sie bei ihrem Wachehalten störe oder hänsle, müsse die Strafen für sein Fehlverhalten auch ertragen können. Ja, ihr könne kein Menschenwille etwas zuleide tun. Dies sei so wahr, wie die Blumen erlesen auf ihrem

Haupte. Ist äußerst seltsam, nicht?... Nun, was schlagen Sie vor, Herr Bürgermeister?«

Mit einer frischen Idee zwischen den Denkerschläfen bat er die Eltern um anhaltende Geduld. Sodann schwemmte er alle Klagegesichter kraft einer Flut aus Beschwichtigungen in den Alltag zurück.

»Haltet eure Gören und Bengels von Gottes Bauten fern!«, rief er ihnen nach. »Der Sommer ist bald vorüber.« War dies nun ein Rat für Christen oder Teufelsanhänger?

Umgehend zitierte er seinen Sekretär herbei. Dieser wusste: Es dauert noch volle 20 Tage bis der alte Schwarzrock aus seinem Sommer-Refugium zurückkehrt.

»Wir aber fangen gleich morgen an!«, befahl der Bürgermeister.

»Morgen, ähm, anfangen? Womit denn?« Der bebrillte *segretario* stierte seinen Vorgesetzten fragend an. Diesem schwebte vor, die Folgen jener sonntäglichen Tragik in einem Bericht festzuhalten.

Pater Parenti müsse das Vorgefallene erfahren, sobald er wieder im Ort und persönlich anzutreffen sei. Der Schultheiß Roccabiancas begriff jetzt, dass lediglich ein Stellvertreter Gottes kapabel sein würde, irgendetwas in der Sache zu unternehmen.

Schließlich war diese Magda auf einer Glaubensmission, welche er keinesfalls unterbinden wollte.

Wie mit dem Rathaus vereinbart traf der Dorfpfarrer Anfang September in den heimatlichen Gefilden ein. Seine Rückreise verlief ohne Schwierigkeiten, was bei einer Distanz von über 1200 Kilometern an ein kleines Verkehrswunder grenzte. Allerdings musste er sich eingestehen, dass lange Zugfahrten ihm wesentlich mehr abverlangten, als es vor 20 Jahren der Fall gewesen war.

Es war später Abend, als ihn seine bescheidene, aber heimelige Wohnstätte in Empfang nahm. Gähnend hängte er den Sommerhut an einen Haken der Flurgarderobe. Den Reisekoffer rollte er weiter bis ins Esszimmer, ließ ihn dort zwischen Glasvitrine und Vogelkäfig stehen. Mit dem Auspacken hatte es keine Eile.

Auf dem säuberlich frei geräumten Esstisch fand er eine Nachricht vor. Kaum interessiert las er folgende Zeilen:

Lieber Padrone Parenti,

Sie können beruhigt schlafen gehen! Alle Pflanzen sind nach wie vor munter wie die Fischlein im Ozean. Auch

Ihrem geliebten Kanarienvogel ließ ich seine Pflege und Hege zukommen. Sicher wird er den Hausvater morgen Früh mit einem fidelen Liedchen begrüßen!

*Herzlichst,
Ihre Estella*

P.S.: Der scagnozzo des Bürgermeisters war hier. Wollte Sie sprechen, sogar einen "sehr wichtigen" Brief trug er ins Haus. Diesen hab ich im Arbeitszimmer hinterlegt. (Natürlich auf dem Schreibtisch!)

Selbst im fahlen Kerzenschein hätte er die Schnörkelschrift seiner Hausgehilfin erkannt. Estella war seit zwei Jahren sein Dienstmädchen. Für ihre 17 Lenze war sie häufig vorwitzig beim Wort, wie er schulmeisterlich meinte. Aber dies lag bloß leicht wie ein Kieselsteinchen in der Waagschale des Urteils, denn überzeugend schwer wie Gold wogen Estellas Verlässlichkeit plus ihr perfektes Maß an Diensteifer. Was das Postskriptum der Nachricht betraf, so konnte er einen Seufzer des Unbehagens nicht unterdrücken.

Erst am nächsten Morgen öffnete Alessandro Parenti das Briefkuvert mit dem Rathaus-Stempel. Der bärtige Seelsorger war nahezu auf alles gefasst, was Magda und die Folgen seiner Abwesenheit anbelangte. Selbst als er las ›steht höchstwahrscheinlich mit dem Teufel im Bunde...‹ konnte er sein kurz zuvor einverleibtes Müsli bei sich behalten. Sicher, der ergraute Gottesmann spürte, wie Verärgerung und Missmut in ihm aufsteigen wollten, aber er blieb gelassen. Schließlich wusste er, was bei dem Ganzen wirklich von Bedeutung war. Nicht so der ratlose Brausekopf von einem Bürgermeister. Dass alle 21 Kinder am Leben waren, niemand durch einen bitterbösen Unfall *weggestorben* war – nur dies zählte! Jegliche Wunden und Schrammen konnten verheilen, glänzendes Haar auf Mädchenköpfen nachsprießen. Und der *birichino* mit der Schleuder würde es vielleicht kein zweites Mal wagen, eine Waffe auf den Leib seines Nächsten zu richten. Außerdem gab es im Nachbarort einen virtuosen Zahnheiler...

Am Nachmittag selbigen Tages ließ er den Bürgermeister per Telefon wissen, dass seine Exzellenz die besorgten Eltern besuchen und *die Schuldige* baldmöglichst ihre Absolution leisten werde. Zurechtweisung, nein!, Strafe müsse ohne Zweifel sein!

Freilich setzte Pater Parenti nur Ersteres in die Tat um; Letzteres war hauptsächlich ein Lippenbekenntnis, um dem ohnehin schlecht schlafenden Ortsoberhaupt weitere Aufregungen zu ersparen.

Zwischen seiner Rückkehr und dem ersten Sonntag nach den Sommerferien lagen fünf Werktage. In diesem Zeitraum war Magda mit keinem Auge zu sehen. Niemand bemerkte sie irgendwo spielend oder fröhlich pfeifend am Dorfbrunnen Wasser holend.

Wo bleibt sie bloß ab? Jesus... Maria! Lebt das Mädchen überhaupt noch? Haben ein paar der Rangen vielleicht auf grausliche Weise Rache genommen? Gottbewahre! So viel Böses geschieht in dieser dunklen Welt!

Und Vieles mochte seine erprobte Seele durchstehen, nur eines nicht – Mord! *Mord* an der Prüfung seines Lebens. Diese Vorstellung brachte seine geweihten Hände zum Zittern... *Aber nein doch!*, sagte er sich und schob den Gedanken beiseite wie Unrat. Nein, so unsäglich unfair würde der Allmächtige niemals das Ende seiner Tage einläuten.

Alsbald zeigte der Kalender Sonntag; der erste Sonntag nach den Ferien. Etwa die Hälfte der Kinder wartete in den Bankreihen der kleinen Kirche.

Gottseibeiuns, haben die anderen ein schlechtes Gewissen?

Die Glocken schlugen, gaben jedermann im Dorf die Stunde bekannt.

14.00 Uhr – und von ihr fehlte jeder Spur.

Gütiger Jesu, wo bleibt deine Jüngerin mit dem Blumenschmuck im Haar?

Der Methusalem vor dem Altar konnte kaum gefasst sprechen, ehe um 14.06 Uhr eine Gestalt unter dem Portal erschien. Alle streckten den Hals, erhaschten ein zitronengelbes Kleid. *Gottlob!* Sie war es tatsächlich.

Und lebendig wie nie zuvor! Ja, gottlob! Der Rauschebart schickte einen Dankspruch gen Himmel. Wie erhofft, war sie unversehrt und von frohgemuter Laune.

Jedoch schon wenige Stunden nach Unterrichtsende pirschten sich die alten Sorgen an sein Gemüt heran. Obendrein hatte er das vereinbarte Zeichen bis anhin nicht erhalten.

Wie soll ich bloß mit der wachsenden Feindseligkeit meiner Schützlinge umgehen?, fragte sich der vom Harren und Hoffen gezeichnete Katholik beim Abendbrot. *O Herr, welche Bibelworte wählen? Zu welch bescheidenen Taten schreiten?*

Bei einem Baldriantee beschloss er, noch vor der

Nachtruhe ein Vertrauensgespräch zu führen. Eine klare Auskunft würde seine Nerven zusätzlich beruhigen, helfen, um Besorgnis und Bange vor den kommenden Wochen einigermaßen in Schach zu halten.

Etwas später fand er sich zum besagten Vieraugengespräch im Schlafzimmer ein. Auf der Fensterbank wachte die Madonnenskulptur; empfing den Beter mit einem mütterlichen Lächeln auf den keuschen Lippen. Der rechte Fensterflügel stand offen. Frische Luft zur Bettruhe konnte nicht schaden. Voll Demut kniete er nieder, senkte die schweren Lider, obgleich von draußen ein Geräusch in seine Kammer drang.

Wer stört noch zu dieser vorgerückten Stunde?
Das Geräusch, welches einem Flattern von Flügeln glich, wiederholte sich. Dann wurde es lauter – war mit einem Male so nahe an seinen Ohren, dass er widerwillig die Augen aufriss.

Das kann doch nicht! –
Vor Schreck kippte er nach hinten und stieß mit dem Rücken gegen den Bettkasten. Das Flügelschlagen gehörte zu einer nachtschwarzen Kreatur aus dem Reich der Tiere. Nun, der Rabe blieb geduldig beim Fenster sitzen, zumal ihm die verlangte Aufmerksamkeit gewiss war.

Langsam erhob sich Parenti, wobei er den ungebetenen Gast nicht für eine Sekunde aus den Augen ließ. In stiller Abwechslung wiegte das Wesen seinen Kopf hin und her; sein Interesse galt allein dem greisen Hausherrn.

»Was steckt da in deinem Schnabel? Hast du mir vielleicht etwas mitgebracht?« Die direkten Worte scheuten den Überraschungsgast nicht im Geringsten. »Na, bist du Feind oder Freund?«

Vorsichtig näherte er sich dem tiefschwarzen Geschöpf auf der Fensterbank. Es änderte die Körperhaltung ein wenig, wich jedoch nicht zurück, als sich ein Daumen und Zeigefinger in Richtung seines Schnabels bewegten. Zwei gespitzte Fingerkuppen griffen behutsam zu. Ohne jeglichen Widerstand gab der Vogel sein kleines Mitbringsel frei.

Der Prediger wollte schon ein zweites Mal staunen, als der Rabe sich jäh regte. Sein Gefiedermantel schlug auf, und sogleich war er mit einem majestätischen Sprung in freiem Flug unter dem sternhellen Nachthimmel.

Zurück ließ der tierische Bote eine Briefmarke. Neugierig wie lange nicht, nahm der Priester eine Lupe zur Hand und inspizierte das Motiv des hauchzarten Wertpapiers. Zu sehen war ein ringsum eingeschneiter Berg der Alpen; auf dessen

Kuppe thronte – einsam, aber unverwüstlich – ein Jesuskreuz.

Was hat dies zu bedeuten?

Er wendete die Briefmarke, mit Erstaunen gewahrte er eine kurze Diagonale aus Buchstaben:

        C
          E
            S
              H
                N
                  E

Postwendend schoss ihm ein Gedanke in den Kopf. Parenti ließ die Leselupe fallen, eilte von der Schlafkammer ins Esszimmer. Dort hing über dem Fenster die antike Wanduhr. Ehrfürchtig schaute er hoch zu dem Zeigerpaar. 21.06 Uhr. Und er spürte, wie sein Herz schneller schlug. Gleich einem Ringkämpfer sank er auf den Stuhl am Esstisch. War er geschlagen oder hatte seine Gläubigkeit gesiegt?

Es ist eingetroffen! Parenti hielt jetzt in der Hand, worauf er so sehnlichst gewartet hatte: ein Zeichen des Höchsten. Eine Botschaft, die ihm den weiteren Weg wies.

Die Zeit verging im Dahinscheiden wenig abwechslungsreicher Tage. Es kam der Oktober. Herbststürme ließen Grüppchen aus Blättern durch alle Dorfgassen tanzen, mitunter begleitet vom Prasseln eines Schauers. Magda und ihr Kopfschmuck erschienen nach wie vor zum Unterricht. Sie verteidigte eisern ihren Stammplatz sowie jenes Geflecht aus Blumen; trug wie gewohnt Frohsinn im Herzen und stets kluge Bibelfragen auf der Zunge. Noch immer wurde das Mädchen von seinen Mitschülern verachtet. Nichtsdestotrotz klammerte sich der alte Dorfpfarrer an die Verheißung jener Botschaft aus dem Himmelreich.

Jeden dritten Abend griff er zur Leselupe und hielt sich das winzige Rechteck aus Büttenpapier vor die Nase. In eigener Handschrift verlief eine zweite Diagonale durch die erste:

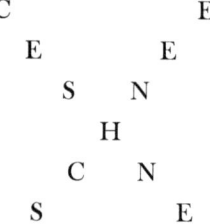

Wieder und wieder strich sein Augenmerk über dies kreuzförmige Arrangement aus Großbuchstaben. Und die Blutung der seelischen Wunde war gestillt; einmal mehr verbunden. Dieser unsagbar tröstliche Anblick – Schnee, Schnee, Schnee – ließ im Nu seine Zuversicht wachsen. Bis auf Bergeshöhe. Denn mit dem ersten Schneefall, das fühlte er inzwischen, würde seine letzte Prüfung überstanden sein. Fraglos sah er diese Briefmarke wie Versprechen von des Himmels höchstem Throne an.

Weitere Wochen vergingen. Mitte November schlichen die Temperaturen auf den Nullpunkt zu. Die Dorfschaft wappnete sich mittels Unmengen an Brennholz gegen die nahende Kaltfront aus den Alpen. Doch zum abschließenden Sonntagsunterricht des Nebelmonats schien noch einmal in voller Pracht die Sonne.

Es war 15.03 Uhr, als Magda und ihr geistlicher Motivator vor die Dorfkirche traten. Beide blinzelten sie in einen weißflammenden Ring aus reinstem Licht.

Nun zeigte Magda eine Geste, zu der sie bisher keine Weisung erhalten hatte: Sie bemühte sich auf die Zehenspitzen und umarmte voll Dankbarkeit den bärtigen Seelenhirten.

»Ich soll von Jesus wissen lassen«, sprach sie überzeugt, »dass Eure Seele im Himmelreich willkommen ist! Es verbleiben noch drei Stunden.«

Ihm lief eine salzige Träne in den Mundwinkel, als er ihrer Leichtfüßigkeit gen Ewigkeit nachschaute. Und mit leichtem Herzen winkte Parenti dem Mädchen zum Abschied. Ein saphirblauer Lichtkranz umstrahlte ihren Kopfschmuck aus Blumen. Vor der Kirche flossen weitere Tränen, die jedoch nicht von Seelenpein herrührten. Vielmehr waren es durch Gläubigkeit verdiente Freudentränen...

Zwei Stunden später setzte die Dämmerung ein. Nebenbei empfingen Roccabianca und seine Landschaft den ersten Schnee des Jahres.

Alessandro Parenti ordnete im Wohnzimmer die kleine Hausbibliothek. Biografien genialer Wissenschaftler zählten zu seinen bevorzugten Schriftwerken. Schließlich trat er mild lächelnd ans Fenster – Weisheit und Gewissheit vereinten sich in ihm. Die weißen Flocken segelten in tröstlicher Stetigkeit vom Himmel. Er stand eine Weile und betrachtete das stille Naturereignis. In sanften Wogen erfüllten ihn die Wonnen innerer Ruhe und Zufriedenheit.

Mit Königswürde nahm er am Esstisch Platz. Die Hände gefaltet prüfte er *seine* Zeit. 18.03 Uhr.

»Mein Herr Jesu!«, sagte er laut, so freudig laut, dass ihn der Freund im Gefiederkleid verdutzt musterte. »Ich bin bereit! Hole mich heim! Zu Dir – in Dein Reich!«

Einmal noch öffnete der Methusalem die Augen, sprach bewusst zum Kanarienvogel: »Ich danke dir für alle Fröhlichkeit, die du in dieses Haus gebracht hast! Und in mein Herz. Lebe wohl, werter Freund!«

Nach diesen letzten Worten spürte er ein leichtes Brennen im Nacken. Dieses Brennen verursachte keinerlei Qual, es wanderte nur unaufhaltbar weiter. Bis unter das Fleisch und die Rippen seiner linken Brust. Es folgte der Stich – eine glühende Sekunde in Ohnmacht.

Pater Parentis Geist, fortan allem Irdischen entrückt, gewahrte die lichtweißen kapellenhohen Tore weit geöffnet...

Blaubart ohne Mut?

Gegen Ende des Jahrhunderts rief ihm der Juwelier nach: »Beehren Sie uns bald wieder!«

Gut gelaunt trat er aus der funkelnden Boutique in den warmen Nachmittag, eine Mappe für Akten unter dem Arm. Sommers wie winters leistete ihm diese Tragehilfe aus Schweinsleder treue Dienste; überdies war sie ein Symbol, welches Würde und Leistung des Büromenschen bewies. Beschwingten Schrittes, erleichtert am Portmonee und am Herzen, ging er den Bürgersteig entlang.

Er hatte gefunden, was er suchte: ein Geschenk. Ihr Geschenk. Nun überquerte er die Verkehrsader; riskierte im Überschwang seiner Vorfreude einen Slalom durch den pulsierenden

Strom aus Blech und giftigen Abgasen. Im Nu erreichte er den Stadtpark, wo Schmetterlinge nektartrunken von Blüte zu Blüte tanzten. Neben der defekten Schaukel saß ein weinendes Mädchen im ausgestreuten Rindenmulch. Er wollte ihr zum Trost sein letztes Hustenbonbon reichen – wie ein Wirbelwind war die Mutter zur Stelle und riss ihren Goldschatz von ihm fort, dem Fremden!

Unberührt von jener Schmach zog er weiter. Behutsam glitt seine Rechte in die Innentasche des Jacketts und ertastete das zart gewölbte Schmuck-Etui. Zart wie die Haut an *ihrem* Hals.

Vor dem entenbetupften Kunstteich posierte ein schwarz-weißes Brautpaar für den Fotografen. Die Dame und ihr König. Wie Schachfiguren rückte der Bildmeister die frisch gebackenen Eheleute zwischen den Blumenrabatten hin und her, verewigte voller Professionalität das für die Ewigkeit gezauberte Lächeln in ihren Gesichtern. Obgleich die zwei Hauptfiguren von anderen Parkbesuchern begafft und begrinst wurden, strahlten sie glückselig in den dunklen Kreis der Kamera.

Für manch einen mochten die Jungvermählten gar Anlass geben zu hochzeitlichen Erinnerungen, zum Resümee zweisamer Jahre. Auch er trug einen Ring am Finger. Schon über 20

Jahre! Aber *diese* Jahre nährten keineswegs die Liebe zwischen ihnen. Im Gegenteil... Warum kaufte er der alten Schnepfe dann ein so teures Geschenk? WARUM?! Plötzlich erschrak er über seine gedankliche Saumseligkeit, griff hastig ins Jackett, ertastete Entwarnung. Neue Panik – die Uhrzeit!

Hilfe! Ist es etwa schon Zeit?

Wo zum Geier hatte er seine Armbanduhr? Sie klebte an keinem seiner Handgelenke, weder am rechten noch am linken. Er durfte unter keinen Umständen zu spät erscheinen. Das wäre eine Todsünde – eine Dame warten zu lassen.

Bleich wie ein Untoter hastete er zum vereinbarten Treffpunkt; durchwühlte nebenbei alle Jackett- und Hosentaschen. Zuletzt fuhr er mehrmals mit eiliger Hand ins Finstere seiner Aktenmappe – da ruhte und tickte der Zeitmesser zugleich. Unter einem Schatten spendenden Baum wagte er den Blick: ihm blieben noch volle vier Minuten. Die Welle seiner Panik ebbte unverzüglich ab; eine gesunde nach Zuneigung dürstende Farbe kehrte auf sein Antlitz zurück. Und das Dichter-Denkmal war bereits in Sichtweite.

Ihre zweite Verabredung vollzog sich unter den schelmisch linsenden Augen einer Bukowski-Skulptur. So sehr es der Parkbank an Komfort mangelte, so sehr war sein Herzblatt reich an Grazie.

Ein Sommerkleid hüllte ihren jungen Körper ein, der vor neckisch erforschenden Berührungen nicht zurückwich. Aus Angst, zu viel zu sagen, schwieg er in wohl dosierten Abständen. Sie lachte und lächelte – und er versank darin wie in einem See aus Honig. Als er wonnetrunken wieder auftauchte, hielt er den Zeitpunkt für passend.

Das Präsent aus dem Juweliergeschäft.
Es war ein Collier edelster Machart. Auserlesen – wie *sie*. Voll Freude bat sie um sein Fingerspitzengefühl beim Anlegen. Fidel strich sie das gewellte Haar aus dem Nacken und drehte ihm den Rücken zu. Er kostete diesen Moment der Vertrautheit gänzlich aus, hauchte sogar einen Kuss auf ihre samtweiche Haut... Ob sie ihn wohl spürte und als den nächsten Schritt ihrer Zweisamkeit empfand?

Am frühen Abend verließ er den Stadtpark und dessen paradiesische Sphären. Fast schwerelos schwebte er über den alltagsgrauen Asphalt. Seine Euphorie verlieh ihm unsichtbare Flügel, welche ihn schließlich die Stockwerke in einem schäbigen Wohnblock hinauftrugen.

Öder Hochzeitstag. Seine Gemahlin wird ihn erwarten wie der Henker den Verurteilten.

»Na, welcher Tag ist heute? Und? Weißt du das zufällig? Oder hast du es wieder vergessen?!«

Ihre Stimme hätte an Schärfe einem Seziermesser in nichts nachgestanden. Speckige Unterarme stemmten sich in überbreite, gebieterische Hüften. Aus ihren Augen stach Verachtung, welche ihn inquisitorisch vom Scheitel bis zur Sohle abtastete. Sie standen im Flur. Die Gladiatorin und ihr Jubiläumsopfer. Merkwürdig ruhig legte er seine Aktenmappe auf die Schuhkommode, bot mit provozierender Genügsamkeit die leeren Hände dar; und er stellte sich ohne Einwände ihren Anschuldigungen. Denn in Wahrheit war er unverwundbar in seinem taufrischen Liebesglück, unerreichbar für ihre zornigen Verletzungsversuche.

Ja, er war allem Negativen entrückt durch sein *kleines* Geheimnis: Am Wochenende würde er *sie* in einem Restaurant wiedersehen. *Seine Perle*. Aus dieser Vorstellung war der Wall beschaffen, der sein Gemütsgerüst bestens vor den banal-verbalen Bombardierungen schützte.

Und er traf sie erneut am Wochenende. Und stolz trug sie das Perlenkollier. Die Stunden beim Mexikaner befeuerten das sinnliche Verlangen. Seines sowie ihres. Er schlug ihr vor, dass er sie vom gemeinsamen Dinner an regelmäßig würde sehen können. O Wunder: sein Vorschlag wurde NICHT abgelehnt.

Also wusste er es einzurichten, ihr öfter und öfter zu begegnen. Und jeden dritten Abend, wenn er sich im Scheine ihrer elysischen Schönheit wärmte, trug sie sein Geschenk um den Hals. O wie himmlisch hinreißend sie lächeln konnte! Und dieses zeitlich genau abgestimmte Lächeln revolutionierte seine Existenz. Sein Leben gewann zusehends an Wert, Interesse – an Bedeutung!

Er veränderte sich so augenfällig, dass der Drachen des Hauses misstrauisch wurde; sprich: seine Gattin. Nachdem diese ihre letzte Hemmung geköpft und das zentnerschwere Sparschwein geschlachtet hatte, legte sie ihren Verdacht einem zwielichtigen Spezialisten dar.

Dieser detektivische Spitzel belauerte mehrmalig die Liebenden mit einem Objektiv und zerrte sonach ans erstickende Licht, was im Verborgenen blühte. Nein, dieser wohl herzlose Schnüffler ahnte mitnichten, welches Unheil seine versessenen Bemühungen säten.

Als er etliche Wochen später von besagter Hochstimmung in den Abgrund einer Krise stürzte, herrschte wieder die sadistische Genugtuung im Hinterkopf der Gemahlin. Nun warf sie ihm Abendessen für Abendessen ein infantillabiles Verhalten vor. Worin lag der Grund für seine seltsame Verwandlung? Die blinde Kuh am Tisch war sogar unfähig, das zu sehen, was man gemeinhin als die Spitze des Eisberges bezeichnet. In einer außergewöhnlichen Art von Trauerschmerz vermisste er seine Geliebte, *das* Geschenk und weit, weit mehr ihre reizenden Rundungen...

Eines Abends schlug er, bar jeglicher Leselust, die Zeitung auf, um sich dahinter zu verschanzen wie hinter einem Bollwerk. Dennoch traf ihn *etwas* mit voller Wucht in die Magengrube: Das heilige Perlenkollier war auf Seite 2 abgebildet!!

Angstschweiß brach aus seinen Stirnporen, als er den Artikel überflog: *Sie* war tot. War *tot* aufgefunden worden. Unten am Hafen der Stadt. Am Flussufer. Den zerbrechlichen Kopf im kalten Wasser. Die Polizei erhofft sich durch das exquisite Schmuckstück sehr entscheidende Fortschritte bezüglich den Ermittlungen.

Im geistigen Sturz, totalen Absturz, sah er das Unvermeidbare zwar verschwommen, begriff aber dennoch: Der fast vergessene Juwelier wird mit dem Beweisfoto aus der Zeitung das Polizeirevier stürmen. Und Detail für Detail berichten. Kristallklare Offenlegung eines merkantilen Vorgangs zwischen Kunde und Verkäufer. Und rasch danach werden diese besonderen Wahrheitsfanatiker an seine Tür klopfen.

Ja, er behielt – ausnahmsweise! – recht. Die Herrschaften erschienen in granitgrauen Mänteln; ihre wahrheitsgierigen Fäuste pochten mehrmals an die Wohnungstür, ehe das kriminalpolizeiliche Duett Schulter an Schulter in sein piksauberes Wohnzimmer trat. Einziger Hoffnungsschimmer: die drakonische Hausfrau weilte beim Metzger.

Aus den Mündern der Kriminalbeamten schossen Fragen – so bedrohlich wie MG-Salven. Ob er die junge Frau gekannt habe? Sie hielten ihm ein Foto unter die Nase, welches ihren anziehenden Venuskörper in abstoßender Entstellung zeigte. Ob er *diese* Frau gekannt habe?!

Ja, Herr Kommissar.

Ein zweites Foto elektrisierte seine Synapsen: das Schmuckstück. Ob er ihr die Halskette geschenkt habe?

Ja, Herr Kommissar.

Teufel! Wie er dazu gekommen sei, ein derart teures Geschenk zu wählen?

Liebe, Herr Kommissar.

Aha! Demnach sei sie wohl *seine* Geliebte gewesen? *Sein* außereheliches Vergnügen auf langen

Beinen, nicht wahr?

Kein Muckser der Widerrede kam über seine Lippen, wiewohl er sich durch den impertinenten Verdacht geadelt fühlte. Gnadenlos lieferte der eine Gesetzeshüter das ultimative Faktum: Sie sei im dritten Monat schwanger gewesen. Hm, ob er womöglich...?

Ausgeschlossen. Nein. Vielleicht doch. Wahrscheinlich. Ja, gewiss! Wer sonst? Er war geradezu überwältigt von dieser Unterstellung, welche in seiner Vorstellung Vaterfreuden verhieß. Doch zu welchem Preis?
Weiter: Und weil sie ihm, dem alttestamentarisch Verheirateten, aufgrund des Umstandes einer Schwangerschaft lästig geworden sei, ging er mit ihr runter zum alten Hafen...?

Himmelgrundgütiger! Sie – Sie Unmenschen!! Nun spuckte und brüllte er den Beamten sein Dementi in ihre Visagen: Nein! Niemals hätte ich ihr etwas angetan! Ihr nie und nimmer auch nur ein Härchen gekrümmt! Viel zu sehr hab ich sie in mein Herz geschlossen! Ihre elysische Aura geliebt! Verehrt!

Bringt mir noch heute ihren Mörder und ich werde diesem Monster MIT BLOßEN HÄNDEN das Rückgrat brechen!! Für das sensible Ermittler-Gehör klang die letzte Äußerung merkwürdig brutal. Schlussfolgerung: Die kriminalistisch geschulten Mäntel kauften ihm seine Unschuld nicht ab. Er wiederholte seine Aussagen vor Gericht, dito vor der Lokal-Journaille und ihren bissigen Mikrofonen. Alle zuhörenden Ohren glaubten ihm alles, nur die Wahrheit nicht.

Der Richter sprach das Urteil. Daraufhin wurde er der berühmteste und glücklichste Gefängnisinsasse, den eine deutsche JVA je gesehen hatte. Auch als der Gefängnisarzt mit einer Schizophrenie-Diagnose an ihn herantrat, trübte dies an keinem Tage seine Stimmung. Nur ein Mensch blieb unglücklich – seine ewig spießige Ehegattin. Die Schwere der Schande drückte ihren liebeleeren Leib so zu Boden, dass sie kaum mehr Kraft besaß, sich eigenmächtig vom Balkon zu stürzen... Aber Dutzende Kilometer entfernt bemerkte er nichts von dem gerechten Aufprall.

Da er von seinen zahlreichen Mithäftlingen stets respektiert wurde, erzählte er diesen, wann immer sie ihn baten, von *seiner* unvergleichlich schönen Geliebten und ihrer glühenden Leidenschaft. Und natürlich von einem gemeinsamen Kind, dessen Geburt eine intolerante Gesellschaft verhindert hatte.

Oder war es seine Feigheit?...

(K)ein feines Trinkgeld

Wer einmal für längere Zeit im Taxi-Gewerbe Dienst getan hat, der wird mir voll und ganz zustimmen: dieses Beschäftigungsfeld kennt fast nur Schattenseiten. Angefangen bei der miesen Entlohnung über umweltverschmutzende Dieselmotoren bis hin zu einer Kundschaft, deren Dreistheit an Wegelagerer des Pest-Zeitalters erinnert...

Allerdings beschied mir das Taxifahren auch eine Sonnenseite, die ich – gerade als »Student der Menschheit« – sehr zu meinem Vorteil eingestuft habe. Auf eine Formel gebracht war dies das Miterleben zahlreicher Zwischenfälle, die man im Rückblick als »kleine Abenteuer« bezeichnen könnte. Ich kann von Glück und Engelsbewahrung sagen, dass meine Taxi-Erlebnisse meistens ein gutes Ende nahmen.

Nicht selten kam ich mir im Eifer des Gefechts, beziehungsweise mitten in der Action eines heiklen Fahrauftrages wie der Loser des Tages vor. Oder eben: der Nacht. Tausende von Stunden hinterm Lenkrad lehrten mich jedoch: das Blatt kann sich rasch wenden!

So verschlug mich das Schicksal einmal in den Dienst zweier Siegertypen mit Riesenego, die frisch in den Hafen der Ehe eingelaufen waren. Natürlich war ich bloß ihr namenloser Chauffeursbengel, ein verachtenswerter Geringverdiener, dessen größte Leistung die Errungenschaft diverser Führerscheine darstellte... Und warum ließ ich mir das bieten?

Den Tag über lagen die Temperaturen an jenem Samstag bei schwülwarmen 32 °C im Schatten.

Als fleißiger Fahrer eines regionalen Taxiunternehmens hörte ich viel Radio. Und auch das World Wide Web via Smartphone bestätigte mir ausführlich, was die Wetterstationen übers Radio fast viertelstündlich in die Ohren aller Nachtfahrer trompeteten: Sturm- und Gewittergefahr im gesamten Südwesten des Landes.

Achtung, an alle Autofahrer! Erhöhte Unfallgefahr auf der B39 in Richtung Ellhofen, nahe dem Weinsberger Kreuz! Dort ist vor wenigen Minuten ein Lkw von der Fahrbahn abgekommen. Die Polizei und Feuerwehr mussten...

Ich nahm der Hiobsbotschaft etwas an Lautstärke, da die plötzliche Gefahrensituation beim Weinsberger Autobahnkreuz sowieso außerhalb von meinem Streckenradius lag. Nein, in der Gegend würde ich heute Nacht definitiv nichts zu suchen haben.

Volle drei Stunden Nachtschicht hatte ich inzwischen hinter mir. Mein Dienstfahrzeug war ein silberner »Ford Transit«, also ein Kleinbus mit acht Fahrgast-Plätzen. Für ein paar Minuten Rast hatte ich eine kleine Tankstelle mit Nachtbetrieb direkt am Autobahnzubringer/Höhe Unterguppenbach angefahren.

Ich gönnte mir einen ausgiebigen Schluck vom Energydrink. Abermals peitschte der Wind so heftig gegen die Seitenverkleidung meines Dienstfahrzeugs, dass mir sein nachrauschendes Pfeifen einen leichten Thrill unter die Haut jagte. Dennoch blieb ich bei arbeitswilliger Laune und wollte dem Hochzeitspaar beweisen, dass es mit Engels-Taxi in guten Chauffeurs-Händen ist, was ein feines Trinkgeld IMMER verdient. Zweifellos!

Ich ließ das Fenster automatisch herunter und lauschte den Naturgewalten. Das Sturmgebrause war mal lauter, mal leiser zu vernehmen. Mittlerweile waren die Stunden bis tief in die Nacht zum Sonntag vorgerückt. Wie mit dem Brautpaar vereinbart, hatte der Shuttle-Auftrag um 23.30 Uhr begonnen; Lokalität: Burg Stettenfels/Untergruppenbach. Ich kannte mich auf diesem hochgelegenen Adelsanwesen einigermaßen aus, zumal mein Ford-Bus und ich schon des Öfteren als Shuttle-Service-Team in jenem Winkel des Heilbronner Landkreises agierten.

Ab 23.30 Uhr brachte ich etliche Hochzeitsgäste auf Wunsch zu den jeweiligen Gasthaus- oder Hotelunterkünften. Ein großer Teil des Partyvolkes war aus weiter Ferne angereist. Manche aus Ludwigshafen am Bodensee, andere schwärmten von Düsseldorf, und wieder andere empfahlen mir Hannover als Ausflugsziel.

Das Brautpaar schien einer riesigen Sippe aus Neureichen anzugehören. Auch Kids und Teenies wollten zu umliegenden Ferienwohnungen eigens für Familien kutschiert werden. Ein paar unter den Bubis und Backfischen hatten offenbar zu viel Koffein vom *Roten Bullen* intus, weswegen sie mir bar jeglicher Hemmungen Löcher in den Bauch fragten:

Herr Busfahrer, fahren Sie jeden Tag? Herr Busfahrer, sind Sie auch schon verheiratet? WANN möchtest du heiraten? WER ist Dein Lieblings-Rennfahrer? Ich mag den Rosberg – den Nico! Yeah! Herr Busfahrer, wieso fahren wir sooo langsam?? Wooo sind denn alle Sterne hinverschwunden? Sonne und Tag mag ich viel lieber, Sie auch? Die Nacht ist irgendwie doof! Nennt man das Finsternis dort draußen oder Dunkelheit? Wie lange müssen wir noch fahren? Ich bin sooo müde...

Wer wäre das nach vollen 12 Stunden Hochzeits-Halligalli nicht gewesen? Manche der älteren Semester nickten ungeniert ein, woran der Weingeist freilich eine kleine Mitschuld trug.

Ich für meinen Teil verspürte keinerlei Müdigkeit beziehungsweise den Wunsch zu schlafen. Ich hatte mein Pläsierchen an der tiefnächtlichen Fahrerei. Und 5 Euro Bakschisch für etwa jede zweite Fahrt setzten dem Ganzen die Krone auf; und da war mein treues »Busle« nicht mal 10 Kilometer gefahren. Welch ein fabelhafter Broterwerb!

Die Digitaluhr auf dem Radiodisplay zeigte 2.47 Uhr. Von der Tankstelle bis hoch zur Burg Stettenfels lag die Fahrdauer zwischen drei und fünf Minuten, je nach Jahreszeit, Verkehrsaufkommen und Ampelschaltung. Mit dem frisch gebackenen Brautpaar, das sich auf den Familiennamen »Streichholtz« anreden ließ, war für 3.00 Uhr die letzte Tour vereinbart. Mir blieben also noch sichere sieben Minuten in der Ruhe meines Dienstbusses.

Im Innenhof der Burg gab es einen intakten Festungsbrunnen. Die Wassersäule in der Mitte war mit Kampfsymbolen aus der Ritterzeit verziert; hierbei trugen Witterungsspuren neben Mooswuchs zum Flair längst ausgestorbener Traditionen bei. Selbstverständlich hatte man das Außengemäuer sowie sämtliche Mieträume für Festlichkeiten über die Jahrhunderte mehrmals renovieren respektive modernisieren lassen. Alles andere wäre ja grob fahrlässig gewesen.

Der Bräutigam wankte auf den Kleinbus zu wie der Romanheld eines irischen Hafenstädtchens nach durchzechter Nacht. Seine Rechte umschloss einen Tragekorb aus Hanfgarn.

Nicht weit hinter ihm erblickte ich die junge Braut. Keine Frage: sie war von hinreißender Schönheit. Und ihre Grazie parierte mit bemerkenswerter Willensstärke die Symptome eines Sekt- und Weinrausches.

Der Burghof war mit kantigen Wackersteinen aus Deutschlands letzter Kaiser-Ära gepflastert. Die hohen Absätze unter den Schlankfüßen der Braut mussten dies bedrohlich feststellen. Mit schwindender Konzentration versuchten ihre langen Beine die Balance zu halten. Sehr gern wäre ich in die Kavaliersrolle geschlüpft und hätte der Teuren einen starken Arm als Stütze gereicht — aber da war halt ein Stiernacken zu viel im Spiel. Der eifernde Sponsus hätte Kleinholz aus mir gemacht! Wieselflink öffnete ich die Hecktüren des Kofferraums, zumal Frau Streichholtz eine mit Kuchen beladene Klappbox herbeischleppte. Als pompöses Highlight ragte eine schokobraune

Torte im XL-Format aus der Kiste.

Der Bräutigam stand jetzt direkt vor dem Bus-Kofferraum. Das Niveau seiner Attitüde ließ mich buchstäblich glotzen. Zuerst würgte er sich einen lauten Rülpser aus dem Hals, im Anschluss blubberte er die Worte: »Du Arbeiter – ich Chefe! Capito?«

Schwerfällig löste ich mich aus meiner Sekundenstarre und lachte gezwungen auf. »Ha! Wie witzig – ein Sprücheklopfer!«

Er kontaminierte durch einen zweiten Bierrülpser die Nachtluft, wobei seine Augen kullernden Glasmurmeln glichen, die vor lauter Schwerkraft ihre Richtung nicht mehr fanden.

»Sie können ruhig schon mal einsteigen«, empfahl ich halb angewidert, halb belustigt.

»Und mein feiner Henkelkorb hier? Wo soll der *einsteigen*?«

Ich spielte das alberne Spiel mit.

»Der verehrte *Herr Korb*«, bot ich an, »darf gern auf einem der Rücksitze Platz nehmen.«

Der Bräutigam fixierte den Tragekorb mit einem gierigen Blick, als verwahre dessen Bauch echte Goldbarren. Jedoch lagen darin nur die üblichen Wertsachen sowie ein herbes Warsteiner für den Heimweg. Letztlich folgte er meinem Vorschlag und hievte seine Gladiatoren-Statur polternd auf die Rückbank.

Die Braut hatte schon bedeutend mehr Manieren. Sie grüßte mit Anstand, ehe sich ihre Balletteusenfigur vor dem Rachen des Kofferraumes postierte. Mit unverhohlenem Interesse richtete sich ihr Augenmerk auf den Stauraum. Kurz sah ich so etwas wie Enttäuschung über ihre beschwipste Miene huschen. Geduldig danebenstehend zeigte ich auf die Kuchen-Box.

»Darf ich der Dame vielleicht mal behilflich sein?«

Bei Gott, was hat dieses Luxusbraut erwartet? Eine mit Samt und Schutzpölsterchen ausgekleidete Sonderanfertigung von Kühlbox eigens für ihre lukullischen Köstlichkeiten? Nein, Sie Sonnenschein am Frühlingsmorgen, wir bieten hier leider nur eine stinknormale Ladefläche aus robustem Resopal für die Habseligkeiten unserer Fahrgäste an. Ideal für 15 bis 20 prallvolle Reisekoffer. Kann sich eine »erlauchte Prinzessin« damit bescheiden?

»Ähm, ist alles zu Ihrer Zufriedenheit?«

Sie stellte die Klappbox an den Rand des Kofferraums, seufzte wie eine Filmdiva und blinzelte dabei skeptisch auf ihre Sahnetorte hinunter.

»Ist zwar nur die kleine Schwester unserer Hochzeitstorte, aber können Sie trotzdem versuchen, dass sie die Fahrt heile übersteht?«

Ich wollte souverän antworten – plötzlich spürte ich einen zarten Unterarm auf meiner Schulter, schnupperte ein lockendes Parfüm.

»Naaa? Wär' superlieb von Ihnen! Sie geben gut acht, Garçon Teemeyer, oooddeeer?«

Ihre Stupsnase kam betörend nahe an mein Ohr... doch zuletzt streifte mich bloß ein süßliches Lächeln, woraufhin die Megatorte und die abtrennbare Schleppe ihres Kleides sorgsam verladen wurden. Teufel, mir rutschte vor Verlegenheit beinahe das Herz in die Hose!

Das perlweiße Brautkleid musste ein kleines Vermögen wert gewesen sein; dies konnte man noch im Schimmer der Burglaternen auf den ersten Blick erahnen. *Nobel geht die Welt zugrunde!*, dachte ich insgeheim und zog die breite Seitentür zu. Dann rief mich mein Ordnungssinn zurück zum Kofferraum.

Eine Hecktür stand noch sperrangelweit offen. Ich wollte sie eben verriegeln, als vom Innenraum her ein zynischer Bariton meine Ohren erreichte: »... so ein Armleuchter – die Nuttenärsche von der Hafenstraße verdienen an einem Wochenende so viel wie *der* im ganzen Monat! Jede Wette, Darling...«
Ihre Lache war vulgär genug, um den mitschwingenden Sarkasmus zu entlarven. »Tolle Wette, aber sag des ned so laut, mein Superman!«

So 'ne üble Frechheit! Ihr aufgeblähten Luxusgeschöpfe! Um ein Haar wäre mir alle Motivation flöten gegangen. Leise schloss ich den Türflügel.

Die zwei müssen nicht wissen, dass du schon jetzt

mehr über deren wahren Charakter weißt, als ihnen bewusst ist... Nun, die Masken vor euren Gesichtern sitzen erbärmlich schlecht, sagte ich mir überlegen und schwang mich hinters Steuer.

Das Burgplateau lag kaum hinter uns, als das Unwetter noch eine Schippe drauflegte. Die Abfahrtsstraße ins Tal schlängelte sich durch ein romantisches Wäldchen. Mein Busle zuckelte im leichten Gefälle bergab, nicht viel schneller als ein klappriges Moped. Ich besann mich jener essbaren Fracht im Kofferraum – der riesigen Sahnetorte mit Schokostreuseln und Marzipankugeln! Doch fast bei jeder Wölbung oder Biegung im Asphalt hörte ich die Klappbox quer durch den Laderaum rutschen.

Mein lieber Schwan, wenn das mal gut geht!
Da die Frischvermählten sich sorglos amüsierten, nahmen sie keine Notiz davon. Zu meinem Vorteil...

Aus dem Radio klang Musik von sunshineLive. Der besseren Konzentration wegen drehte ich den nächtlichen Electro-Beat leiser.

Prompt flog mir vom Bräutigam ein Rüffel an den Kopf: »Ey, wir blechen auch fürs Radio! Also, mach mal brav wieder lauter, Schumi!«

Widerwillig gehorchte ich, war indes heilfroh, dass dieser versnobte Arsch nicht die Fahrerkabine als Sitzplatz gewählt hatte. Womöglich hätte er sich ums

Verrecken an den Lenkvorgängen beteiligen wollen. Ich radierte diesen Horror aus meiner Vorstellung und konzentrierte mich wieder auf die scheinwerferhelle Fahrbahn.

Wir erreichten die erste Ampelkreuzung direkt am Zubringer zur A81. Uns gegenüber bestand die Möglichkeit einer Auffahrt Richtung Stuttgart. Meine Ampel war auf blinkendes Gelblicht eingestellt. Ich sah hoch zu den großen Hauptampeln, die entweder an Orientierungsschildern oder speziellen Quer-Masten aus Leichtmetall befestigt waren; gerade Letztere wackelten wie verhext unter der aufprallenden Wucht der Gewitterböen.

Mit Schrittgeschwindigkeit tastete ich mich in die Kreuzung hinein, beschleunigte leicht und bog links ab Richtung Ilsfeld. Vor meinem vorläufigen Zielort hatte ich zwei kleinere Ortschaften zu passieren: Abstatt und Auenstein. Bei unproblematischen Wetterverhältnissen ließ man beide in rund fünf Minuten hinter sich. Doch in dieser Nacht... Überhaupt schien mein Ford das einzige Großraum-Taxi auf Achse zu sein. So oft ich auch in die Außenspiegel linste: da waren stets dieselben hinter uns – die Dunkelheit und ihr Komplize, ein fast orkanartiger Sturm.

Schon in Abstatt fuhr ich kaum über 35 km/h, zumal etliche Straßenlaternen entlang meiner Route flackerten wie zur Geisterstunde. Im Ortszentrum gab es eine angesagte Kneipe für die jüngeren bis mittleren Semester. Das Vergnügungslokal lag direkt an der Auensteiner Straße. Ich bremste auf 20 runter, als ich nahe des Lokaleingangs zwei Gestalten erblickte. Die zwei waren in ein bierernstes Wortgefecht verwickelt; beide hüpften wie Zirkusaffen um ein Cabriolet von Peugeot. Was, zum Teufel, ging da vor? Nun sah ich, dass die hitzigen Köpfe südländischer Natur waren.

Ich öffnete nur eine Handbreit die Scheibe zu meiner Linken. Sofort schwappten wütende Worte ins Businnere: »... nur einen Meter fährst, ruf ich die Bullen! HAST DU DAS KAPIERT!!«
Ich traute meinen Augen nicht, als die junge Frau einen ihrer Stöckelschuhe vom Fuß zerrte und damit auf die Motorhaube des Cabrios einhämmerte. *Jesus, der schöne Lack!* Der trunkene Lover schmiss unversehens den Schlüsselbund gegen ihre Schulter.
»Niemals kann ich DICH heiraten!«, hörte man sein Klagen, ehe ihm vor Erschöpfung die Beine wegsackten, »Nie und nimmer, du Furie!«

Beim Vorbeifahren feuerte ich eine hohntriefende Lachsalve aus dem Fenster: »Oooh-neee-haha! Hey, braucht ihr zwei Hilfe? Vielleicht einen Arzt? Ihr Wahnsinnigen!« Es tat gut, den angestauten Frust rauszubrüllen. Die Betrunkenen gafften mir hinterher, wobei die Rachegöttin mit einem grimmigen Mittelfinger zurückschoss, der auch ohne Worte ihren Zorn bekundete.

Der Flecken Auenstein verschwand gleich darauf aus meinen Rückspiegeln. Die kürzeste Route führte mich an eine weitere Ampelkreuzung mit Autobahn-Anschluss, auf deren Höhe gab es eine große 24-Stunden-Tankstelle. Ich sah schon von Weitem die Gelblichter der Ampeln blinken.

Gerade wollte ich mich der richtigen Abbiegespur vergewissern, als eine Pranke des Bräutigams an meiner Schulter rüttelte.

»Hey, fahr mal zurück!«, bellte er mir ins Ohr. »Wir brauchen noch Kippen!«

»Isch nicht euer Ernst?!«, entgegnete ich barsch und war bereits dabei ein Wendemanöver zu riskieren.

Der Außenbereich der Tankstelle war böse vom Sturm heimgesucht worden: Wascheimer samt Handgerät kullerten ringsum über die Erde; auch ein Grüppchen aus Mülltonnen schien dem Unwetter hilflos ausgeliefert, mehrere geplatzte Abfallsäcke sah man kreuz und quer übers Gelände verstreut. Dutzende Getränkedosen und Tetrapaks hingen im Dickicht eines angrenzenden Hanges. *Nein, was für ein Chaos!*

Der Bräutigam purzelte in seinem Bierrausch aus meinem Taxi. Dann stolperte er durch die Panzerglas-

Türen, ehe er torkelnden Schrittes zur Verkaufstheke hinstrebte.

Entgegen meiner üblichen Umweltfreundlichkeit ließ ich den Motor laufen. Meines Erachtens barg diese Nachtfahrt schon genug Risiken. Und nicht grundlos graute mir davor, bis zur Morgendämmerung die unrühmliche Gesellschaft eines »Teufelspaares« ertragen zu müssen. Wer konnte beschwören, dass die zwei kein Faible für die »blutigen Abenteuer« gewisser *Natural Born Killers* hegten? Nein, nein... zum schneidigen Fluchtwagen taugte meine Kutsche nun wirklich nicht.

Lieber Gott, schickte ich ein Stoßgebet gen Himmel, *bitte lass meine Fracht unversehrt ihren Bestimmungsort erreichen! Und als Zeichen meines Dankes werde ich mich nie wieder über andere Künstler und deren schnödes Schaffen lustig machen. O Herr, wär' dies kein Deal?*

Ruckartig drehte ich den Kopf, schaute nach dem Befinden der Braut. Die Schöne war von der Hüfte an zur Seite gesunken; ihr Oberkörper lag längelang auf der Sitzbank. Die Augen waren sanft geschlossen, brav wie ein Lämmchen ruhte sie in meinem Bus. Doch plötzlich gingen meine Alarmglocken an, mahnten mich: *Ihr Zustand ist alles andere als harmlos! Es ist ja kein Geringerer denn ein böser Feind namens Alkohol, welcher sie dermaßen außer Gefecht setzt – ich muss handeln! Oder mein Auftrag ist im wahrsten Sinne des Wortes versaut – wenn die Braut hier alles vollkotzt!*

Mit Besorgnis griff ich zur Wasserflasche und stieß ihr damit mehrmals gegen den Arm. Ein Glück: Madame Streichholtz reagierte und stemmte sich wieder in die Senkrechte.

»Hab Durst... hab Durst wie ein Wal«, tönte es schwächlich aus ihrer Kehle. »Hamm Sie denn kein Wasser für mich?« Sie saß jetzt leicht vornüber gebeugt, ihre Ellenbogen auf die Oberschenkel und den Kopf zwischen beide Handballen gestützt.

Ohne Zögern drückte ich die Trinkflasche an ihre sandtrockenen Lippen, im Stillen hoffend, dass sich dadurch ihr Rauschzustand etwas abmilderte.

Nach einem tüchtigen Schluck wollte sie wissen: »Was macht denn mein süßer Gatte? Und wo sind wir eigentlich, Mister Teegeiger??«

»Teemeyer, bitte. Nun, Ihr Gemahl ist bloß schnell was einkaufen«, gab ich der Wahrheit entsprechend zurück.

»Hä? Einkaufen«, hickste sie verständnislos, »was muss mein Doofi mitten in der Nacht einkaufen?«

»Tja...? Vielleicht Wollsocken oder Wäscheklammern...«, mimte ich spaßeshalber die Rolle des Policinellos.

Wenige Augenblicke später konnten wir den Herrn

Gemahl herbeitaumeln sehen. Ich erspähte eine Schachtel Luckys in seiner Rechten, gönnte ihm jeden Sargnagel von Herzen.

Durchs offene Fenster rief ich ihm zu: »Los, Mann, steig schon ein! Wir wollen hier keine Wurzeln schlagen!«
Einmal mehr fegte der Wind so heftig übers Areal, dass es dem Sponsus beinah das Jackett vom Leib riss. Endlich zog er die Seitentür auf und kletterte in den Shuttle-Bus.

Wie ein Rosberg fuhr ich an, bremste aber gleich wieder bis zum Räderstillstand ab. *Oooh shit! Das darf nicht wahr sein!*
Zwei umgekippte Mülltonnen versperrten die Ausfahrt der Tankstelle. Ich jumpte ins Freie, einen zornigen Fluch vom türkischen Kollegen auf der Zunge…

Wenige Minuten später erreichten wir Ilsfeld, eine Gemeinde mit rund 8000 Seelen. Immerhin war jetzt über die Hälfte der Strecke bewältigt. Ich lehnte mich vor, legte die Unterarme aufs Lenkrad und atmete tief durch. Jedoch sollte meine Entspannungsphase nur von kürzester Dauer sein – ein Gasfeuerzeug klickte!

Ich blickte reflexartig über die Schulter nach hinten und sah den Glutpunkt vor der Schnauze des Bräutigams aufglimmen. Lässig grinsend streckte er mir die Lucky-Schachtel hin.

»Auch eine gefällig, Herr Chauffeur?« Und mit schnöder Gaunerfratze anfügend: »Dein Boss braucht ja nicht alles zu wissen, oder?«

Mit mies gespielter Nonchalance lehnte ich ab. Der Tabakrauch quoll im Handumdrehen bis zu meinem Sitz vor. Resignierend ließ ich beide Scheiben im Blech versinken. Die Braut indes schwebte durch die Welten ihres Smartphones. Mehr als ein »Du Suchtbolzen – bisch echt unmöglich« brachten ihre Hirnzellen nicht zusammen. Es war keinesfalls leicht, meinen Verdruss hinter der Brust zu halten. Obgleich mir bewusst war, dass der Alkohol seinen Verstand aufs Gröbste ausgeknockt hatte. Nichtsdestominder wäre ich der Obernarr gewesen, mich wie ein Grünschnabel provozieren zu lassen. Das wollte dieser Flegel ja nur – *Macht* demonstrieren! Pubertäre Hahnenkämpfe austragen! Nein, nicht mit mir...

An einer T-Kreuzung, unmittelbar in der Ortsmitte, bog ich scharf links nach Sargenhofen ab. Plaudereien mit Einheimischen verrieten mir, das jener Teilort lange Zeit schlicht »Sarghof« genannt wurde. Erst spät, wohl in der Ära des Wirtschaftswunders, erfolgte die Umbenennung. Und weshalb diese euphemistische Änderung? Weil der ursprüngliche Ortsname »zu makaber« klang, zu stark an den Tod erinnerte und demnach Touristen abstoßen könnte. Denn in der Tat wurden dort einst Holzsärge von einer

Schreiner-Gilde zusammengezimmert, und zwar auf Order irgendeines kriegsbegeisterten Fürsten. Nun, ein stummer Zeuge aus jenen Zeiten war den Ortsansässigen allerdings gegenwärtig: der Sarghof-Wald.

Mit 80 Sachen steuerte ich auf die rabenschwarze Waldung zu. Trotz erhöhter Unfallgefahr trat ich kräftig aufs Pedal. Dass mir irgendeine Seele vor die Stoßstange rannte, war so realistisch wie ein Meteoriteneinschlag, nicht wahr? Gott – wie ich mich täuschen sollte!

Der Geck von Bräutigam rauchte noch, als mein Kleinbus die letzte Etappe des Auftrages in Angriff nahm. Sturmgeheul und Donnergrollen verfolgten uns wie Schergen eine Frevelbande. Ohne Vorwarnung schnippte der Bräutigam seine brennende Ziggo aus dem kleinen Schiebefenster in der Seitentür. Wenn einen da mal nicht die Wut packt!

Wir sind IM WALD und ES IST SOMMER, du hirnloser Hornochse!

Eine sich nach allen Himmelsrichtungen erstreckende Finsternis schürte ein Gefühl der Unheimlichkeit in mir. Und mein Fernlicht durchbrach nur schwer das Gemäuer jener Düsterheit. Wir fuhren ohne Navi, was ich allmählich bereute. Das Waldgebiet war mir ja nicht fremd, dennoch hatte mein Gedächtnis in puncto Streckenverlauf einige Lücken.

Galt es 1,5 oder 2 oder sogar 3 Kilometer zu bewältigen? Auch die Abfolge der Kurven narrte mein Erinnerungsvermögen. Es muss schleichende Müdigkeit gewesen sein, die meinem Oberstübchen zusetzte... und das war gefährlich!

Um meine Konzentration auf der Höhe zu halten, drehte ich die Radiomusik erneut leiser. Die Waldchaussee stellte sich als leicht abschüssig heraus. Und vielleicht hätte ich das Radio ganz abschalten sollen oder den Stänker von einem Bräutigam an der Tankstelle stehen lassen, um einer Keule des Schicksals zu entgehen.

Abermals tauchte eine grässliche S-Kurve vor uns auf, die mich zur Verringerung der Geschwindigkeit zwang. Ich durchfuhr den ersten Abschnitt und beschleunigte wieder – jedoch in einem Augenblick, der verschwindend wenig Übersicht garantierte.

Zu sehr waren meine Gedanken von den Unbilden jener Nacht eingenommen, als dass ich damals noch an die sogenannten Waldbewohner dachte.

NEIN!! Du großer Gott – Wildschweine! Wildschweine! Wildschweine!

Mir blieb nur eines – Vollbremsung!

Das Borstenvieh war etwa noch 12 Meter von meinem Bus entfernt, als dieser mit blockierenden Rädern zum Stehen kam. Mir stockte für einen eisigen Moment der Atem. Ich zählte sieben »Nachtwandler«, eine Muttersau plus sechs Jungtiere.

Natürlich war meine Kundschaft ob des unverhofften Zwischenstopps gehörig aus dem Häuschen. Die Braut hatte sich ihre hochmütige Stirn angeschlagen; sie jammerte wie ein Konfirmandenmädchen, was mir allerdings schnuppe war. Der Bräutigam hingegen war abgeschnallt, er sprang nun wie ein Pavian zwischen den Sitzbänken der Fahrtgastkabine hin und her.

»O Himmel, Gras und Donnerwetter! Was ist passiert?! Wieso parken wir hier, Chauffeur? Mitten im Wald?! Ich seh' kein Hotel, du Pfeife!«
Sein Gebaren verriet, dass der Alkoholexzess seinen Tribut rigoros einforderte.

»Schaut mal – da vorne! Seht ihr das!« In meiner Stimme lag eine gewisse Schärfe, während mein Zeigefinger an die Windschutzscheibe tippte. Etwas milder verdeutlichte ich: »Leider, leider sind wir nicht alleine im Wald unterwegs...«

Besonders die Jungen hatte das stechende Licht der Scheinwerfer aus ihrem Laufrhythmus gebracht; manche eierten um die eigene Achse, andere stießen mit dem Rüssel gegen die feisten Hinterhaxen der Mutter. Letztere brachte wohl das Viertel einer Tonne auf die Waage – aber bestimmt!

Wieder einigermaßen gefasst schaltete ich den grellen Störfaktor aus. Doch meine Umsicht sollte jäh zunichte gemacht werden: Der Bräutigam riss die Seitentür auf und sprang ohne zu zaudern nach draußen. »Diese mickrigen Scheißer!«, fluchte er. »Pah! Denen muss mal einer das Laufen beibringen!«

Ich saß steif wie eine Bronzefigur auf meinem Sitz. Vom Fehlverhalten des anderen lautstark empört riefen die Braut und ich synchron: »Nein! Nein! Mach das nicht! Komm sofort zurück!!«
Aber der Tor wollte nicht hören, stattdessen stampfte er wie ein prähistorischer Nimrod in Richtung Lebensgefahr.

Impulsiv drohte ich der Braut: »*Sie* rühren sich keinen Zentimeter von der Stelle! Keinen Zentimeter, kapiert? Beten Sie besser dafür, dass er schnellstens umkehrt. Andernfalls werden euch die Bullen zum Hotel bringen!«

Mächtig verärgert stierte ich durch die Windschutzscheibe, schaltete die Frontlichter wieder ein. Der Bräutigam wurde vom Lichtstrahl eingefangen. Es boten sich uns gespensterhafte Bilder: In seinem Wahn fuchtelte er mit den Armen und brüllte irgendwas; jenes Proletengehabe war aggressiv genug, um die Muttersau vollends in Rage zu versetzen. Ein Paar Stoßzähne zeigten mit mörderischem Verteidigungswillen in unsere Richtung!

Sogleich streckte ich den Kopf aus dem Fenster der Fahrertür, rief in größter Sorge um einen übergeschnappten Bräutigam: »Komm endlich zurück! Komm doch zurück, du Idiot! Du wirst noch draufgehen!!« Im Geiste sah ich schon einen blutigen Frontalangriff. Aber wie von einer Engelshand geführt, machte der Jungvermählte – in letzter Sekunde! – kehrt.

Der Hasardeur hechtete mit erblasster Miene in meinen Kleinbus zurück. Er brachte vor Schreck kein deutliches Wort über die Lippen. Die Braut zog ihn flennend an sich.

»Mann, ich war in tausend Ängsten wegen dir Kindskopf! Was hast du dir dabei gedacht?! Nie – nie wieder begehst du so 'ne Riesendummheit!« Und wie es sich für eine Möchtegerndiva ziemt, schloss die Szene mit einer bühnenreifen Backpfeife, was ich als vollkommen verdient empfand.

Die Seitentür war noch offen, als ich mit Karacho an der grunzenden Rotte vorbeischrammte. Dessen war ich mir sicher: ein paar Sekunden länger am selben Fleck und das erwachsene Wildschwein hätte blindwütig meine Karosse attackiert. Innerlich war ich noch immer auf hundert. Befühlte meine Stirn, gewahrte dort Schweißtropfen, welche ich manierlich einem Hygienetuch überließ. Ruhiger werdend griff ich zur Wasserflasche.

Eben hatte sich mein Puls normalisiert, als ich in der letzten Kurve des Sarghof-Waldes von Neuem gefordert wurde. Diesmal brachte ich den Ford wesentlich günstiger zum Stehen. Mit Erleichterung sah ich: es war bloß ein *Opfer* des Sturmes, welches in Form eines Kiefernastes über Zweidrittel der Straßenbreite blockierte.

Nachdem die Warnblinkanlage aktiviert war, gab ich mich nicht faul und kletterte aus meinem Busle. Das Brautpaar verhielt sich unterdes gefasst; keinerlei Einmischung, nicht einen Ton der Besserwisserei musste ich mir anhören. Es schien, als habe die Maulschelle ein wenig die Vernunft im Hirnkasten des ringtragenden Rowdys angefacht.

Je länger der Prahlhans im Festtagszwirn die Klappe hält, desto besser für uns alle...

Im Licht meiner Busscheinwerfer ging ich energisch zu Werke. Der Kiefernast war schwer wie ein Sack Zement! Ich zerrte den Oschi Meter für Meter von der Fahrbahn weg. Einmal verschätzte ich mich beim Zupacken und schürfte mir dabei den rechten Unterarm blutig.

VERDAMMT – wie das zieht und brennt!

Es war schlicht zum Wimmern, wie knüppelhart das Schicksal mich in die Knie zu zwingen suchte. Vielleicht nur zehn Kilogramm mehr – ich hätte um die Hilfe des Ringträgers bitten müssen. Aber ein waschechter Teemeyer trägt Stolz wie Tapferkeit im Herzen. *Weiter, Teemeyer! Auf, weiter! Bloß noch einen halben Meter und der ganze Apparat schlittert den Hang hinab. Gleich hast du's geschafft! Und gleich hast du die verfluchte Tour endgültig hinter dir. Ja, ENDGÜLTIG Dienstschluss!!*

Genau!, dachte ich schwer schnaufend, maximal noch einen Kilometer zu fahren. Nun, auf denkwürdige Weise ließ es der Allmächtige geschehen, dass mir eine letzte Überraschung blühen sollte...

Seit den 90ern stand Sargenhofen bei Urlaubern hoch im Kurs, zumal sich hier von Aussiedlerhöfen umrahmt ein Wellnesshotel der gehobenen Klasse gut entwickelt hatte. Ich ließ mir erzählen, dass auch entnervte Manager der Heilbronner Industrie zur Pilgerschaft jener Örtlichkeit gehörten.

Die abgelegene Oase glich einer Erholungsstätte, wie man sie zum Beispiel im schweizerischen Davos vorfindet. Das Portal beeindruckte mit Verzierungen aus hellem Granit. Ein Kunstteich verschönte den Vorgarten des Hotels. Auch erblickte ich dort brusthohe, von LED-Lichtern angestrahlte Marmorstatuen, die an Gottheiten der römischen Mythologie erinnerten.

Der Parkplatz für Besucher war kreiselartig angelegt. Ich gönnte meinem Busle eine verdiente Pause nahe dem Haupteingang. Ein Gefühl der Erleichterung wärmte mir die Magengrube. Wir waren am Ziel!

»Brautleute, wir haben's geschafft!«, rief ich beim Aussteigen, und meine Stimme hatte ihren burschikosen Optimismus zurück. Weder das menschenähnliche Ungetüm in Verkleidung eines Bräutigams noch ein Streich des Schicksals konnten mich am Ende kleinkriegen.

Mit Schmackes zog ich die Seitentür auf.

»Endstation, wertes Brautpaar«, sagte ich unmissverständlich laut und achtete bewusst auf einen ironischen Unterton. Ich vernahm sogleich, wie der Bräutigam einmal mehr mit loser Zunge daherredete.

»Das sehn wir selber, du Jahrhundertchauffeur! Ein Wunder, dass wir nicht irgendwo im Schwarzwald stehen...«

Obendrein verriet sein Auftreten einen noch hohen Rauschpegel. Und statt der Braut wie ein Gentleman beim Aussteigen behilflich zu sein, äußerte er sich abfällig über meinen Fahrstil. Weit enttäuschender waren allerdings meine geringen Chancen in puncto Trinkgeld. Der einzige Funke Hoffnung war das im Innersten aller Frauen tief verwurzelte Wohlwollen gegenüber Artgenossen.

Um leichter auszusteigen nutzte die Braut eben meine Schulter als Stütze. Dann tänzelte sie nach hinten zum Kofferraum.

Die essbare Fracht! Und die Schleppe des Hochzeitskleides!

Vor allem die XXL-Torte hatte ich glatt vergessen.

Der Bräutigam durchwühlte in wankender Dusseligkeit seinen Henkelkorb; er fand eine Schlüsselkarte, die sogenannte Keycard, für den Nachteingang des Hotels. Tatsächlich bat ihn die Braut ums Portemonnaie, als ich beide Hecktüren des Großraumtaxis öffnete.

Ach du grüne Neune! Das darf und kann nicht wahr sein!

Die Braut und meine Wenigkeit realisierten das Schleppe-Torten-Fiasko quasi zeitgleich, und so erstarb uns sicher im selben Moment der Gedanke an ein Trinkgeld.

»Hilfe! Meine Güte, die schöne Schleppe!«, rief sie und hielt sich entsetzt eine Hand vor den Mund. Es kullerten Marzipankugeln von der Ladefläche, mehrere landeten neben unseren Füßen.

Ich schlug die Hände über dem Kopf zusammen. Es war zum Wahnsinnigwerden!

»Frau Streichholtz, was ist denn *da* passiert?! Ihre Sahnetorte ist ja völlig hinüber!« Obschon ich die eigene Betroffenheit ein wenig übertrieben darstellte, wäre ich am liebsten im Erdboden versunken.

Die breiigen Spuren jener Torten-Verwüstung hatten die Kleidschleppe keinesfalls verschont; zähe Schokomasse bekleckerte sogar die Seitenwände des Kofferraumes. Während der Notbremsung im Wald musste die Klappbox aufs Ungünstigste in Bewegung geraten sein, was sich blitzschnell auf ihren Inhalt übertrug.

Ohne Aufforderung stellte sich der Bräutigam zwischen uns und feixte voll Schadenfreude über das Missgeschick. Mein erster Impuls war, ihm eine Portion vom Torten-Kladderadatsch mit der Wucht eines Boxhiebes um sein Lästermaul zu schmieren. Jedoch nahmen die Emotionen der Braut, welche zu meiner Verwunderung krass umschlugen, meinem Vorhaben jedwede Notwendigkeit.

Gehörig verärgert rammte sie den Ellbogen in die Rippen ihres Liebsten. »Wie kannst du da noch lachen?«, fauchte sie den Trunkenbold an. »Ein einziges Debakel – und du Blödmann lachst! Was ist *daran* witzig?! Was! Sag mir das mal einer!«
Ihr Blick streifte mich; Flammen des Zorns tobten darin. Instinktiv trat ich einen Schritt beiseite. Hielt es für das Klügste, gutmütig zu schweigen.

Der andere stach sogleich mit seinem diffamierenden Zeigefinger nach mir. »Mein Weib, hau besser mal dem Taxilenker eine rein! Kann ich was dafür, wenn der seinen Lappen in 'ner Schießbude gewonnen hat? Nö, oder?«

Hurtig wich ich zwei Schritte zurück. Glücklicherweise überhörte die echauffierte Dame jene Idiotie. Temperamentvoll gestikulierend führte sie ihre Schimpfkanonade fort: »Oooh Scheibenkleister! Die verflixte Schleppe hat mich über 3000 € gekostet! Über 3000! Und jetzt verrate mir, welches Waschmittel auf der Welt soll die ganzen Flecken wieder rauskriegen? – Ja, ja! Verdreh nur weiter so die Augen!«

Nicht zimperlich fischten ihre Finger die Kleidschleppe aus dem Kofferraum, und ehe der Gemahl ein wundersames Waschmittel mit einzigartigem Perlweiß-Effekt vorschlagen konnte, bekam er die Schleppe an die Brust gepfeffert.

Nun lag das einst so kostbare Stück Stoff darnieder im Straßenschmutz, und an des Auserwählten Wangen, Lippen und Festhemd klebten bräunliche Schokostreusel en masse. Er aber schien in seinem Suff gegen jegliche Attacken immun zu sein. Genüsslich schleckte er sich die Tortensplitter von der Oberlippe und sagte: »Hmmm lecker, lecker! Also mir schmeckt's noch, Baby...«

Für diese Unverschämtheit kassierte er eine schallende Ohrfeige, die an jedem Staatstheater bleibenden Eindruck hinterlassen hätte. Dann riss ihm seine Diva die Keycard aus der Pranke und stakste wutschnaubend zum Nachteingang des Wellnesshotels. Eine zurückrollende Flut von Verwünschungen machte selbst vor mir, dem »Heini von der Nachtschicht«, keinen halt mehr. Meine Chancen zum Trinkgeld waren also bombensicher – verspielt.

Nie zuvor hatte ich etwas derart Skurriles miterlebt. Wie hätte ich mich verhalten sollen? Womöglich den gutherzigen Schlichter spielen? Aber wozu eine blaue Lippe für die Neureichen riskieren? Warum so tun, als würde mich deren Ehe-Gezeter ernstlich kümmern?

Grußlos stahl ich mich hinters Lenkrad und entschlüpfte auf Nimmerwiedersehen ins Morgengrauen.

Keine 10 Minuten später lenkte ich mein Busle auf den Parkplatz einer Öko-Tankstelle am Ortsrand von Neckarwestheim. Die Möglichkeit, den Durst seines Vehikels relativ umweltverträglich zu stillen, gab es in der Atom-Gemeinde erst wenige Monate. Ein respektabler Medienunternehmer aus Brackenheim, gönnte sich – wohl sehr zum Verdruss der hiesigen Kernkraftbetreiber – den Spaß und bewog entgegen aller Skeptiker, das Projekt auf die Beine zu stellen. Nicht zuletzt wollte der Medienzar damit unterstreichen, dass er die bundesweite Energiewende für löblich und machbar hielt.

Es war uns regionalen Taxifahrern bekannt, dass an den Wochenenden stets ein All-Night-Service geboten wurde. Dementsprechend war das Gelände ausreichend beleuchtet, und ich hatte etwas abseits der Zapfsäulen Gelegenheit, den Schlamassel im Kofferraum ungestört in Augenschein zu nehmen.

Minutenlang stand ich wie hinbetoniert vor dem offenen Laderaum des Kleinbusses.

Pech und Schicksal haben mich doch noch in die Pfanne gehauen. Gnadenlos! Womit verdienen arglose Arbeiter eine solche Sauerei?
Irgendwie fuchste mich die Niederlage bis aufs Blut.

Was soll ich dem Chef erzählen, wenn ein ungehobelter Arsch namens Streichholtz Beschwerden vorbringt? Hätte ich diese verfluchte Klappbox bloß ordentlich fixiert! Aber wie? Echt ärgerlich! Hätte ich's doch so gemacht oder vielleicht so – hätte, hätte, Fahrradkette! Alles zu spät... Du und dein Leichtsinn haben es vergeigt!

Schließlich sah ich die Nutzlosigkeit meiner Selbstvorwürfe ein und entschied, die Verunreinigungen auf der Ladefläche grob zu beseitigen, ehe ich mir gegen Mittag dann den Rest des Torten-Fiaskos vornehmen würde. Meine Kollegin brauchte den Ford-Bus sonntags eh nicht vor 14.00 Uhr. Der diensthabende Tankwart bekundete mir augenzwinkernd sein Beileid und half sofort mit einer Küchenrolle aus.

An der Stelle, wo die Schleppe verstaut war, tat sich jetzt die einzige unbefleckte Fläche im Kofferraum auf. Passte das nicht mit zermürbender Ironie zum finalen Auftrag des Abends? Das Hochzeitkleid symbolisiert die Reinheit der Braut... *Zum Teufel mit dem Humbug!*

Direkt angewidert riss ich zwei Tücher von der Rolle und schrubbte wie ein Wilder drauf los.

Ach Jesus, das ist einfach nicht gerecht! Lieber lass ich mir ein Loch ins Knie bohren, als je wieder so 'ne Kalorienbombe im Monsterformat zu transportieren.

Nachdem einige Küchentücher aufgebraucht waren, wandte ich mich der unseligen Kuchen-Kiste zu. Wie ich hatte sie ihre Mission mehr schlecht als recht erfüllt. Mit Sahne und Schokocreme besprenkelt bot sie ein rundherum groteskes Bild. Wie ein lebloses Tier hing jener Plastik-Korpus in einer der Kofferraum-Ecken. Gab's vielleicht eine Alternative zum Mülleimer?

Ich zog die Klappbox wenig achtsam heran, als mir zwischen faustgroßen Tortenresten *etwas* ins Auge sprang. Was sah ich da bloß? Unter dicken Schoko-Sahne-Schichten lagen – gut versteckt! – zwei in Frischhaltefolie gewickelte Streichholzschachteln. Ohne die winzigen Schachteln zu öffnen, legte ich sie im Kofferraum zur Seite.

Mit Feuereifer durchwühlten meine Hände weitere Tortenschichten innerhalb der Klappbox. Im Nu fand ich zwei weitere Zündholzschachteln; nachdem diese ebenfalls geborgen waren, klopfte ich ein letztes Mal jeden Winkel des Buskofferraumes ab: es blieb bei insgesamt vier Exemplaren. Ich befreite auch die anderen beiden von den stark verklebten Frischhaltefolien. Beugte mich dabei weit in den Laderaum hinein, weswegen ich mehrmals einen Blick über die Schulter Richtung Zapfsäulen warf. Mein Goldgräber-Verhalten sollte ja keine Aufmerksamkeit erregen. Momentan war lediglich ein Prius wie der von *Walter White* zu sehen.

Vielleicht hab ich ja gleich ähnliches Massel wie der Hauptdarsteller in Breaking Bad...

Nur flüchtig rieb ich mittels Küchentuch meine Pfoten sauber – den Blick wie im Bann auf die vier prunklosen Fundstücke geheftet. Sollte es doch noch zur fabelhaften Wende kommen?

Los, Teemeyer, fang schon an!

Äußerst behutsam öffnete ich die erste Streichholzschachtel. Ein bräunlicher Geldschein kam langsam, aber sicher zum Vorschein. Mit archäologischer Sorgfalt zog ich die verbleibenden drei Schächtelchen auf. Weiteres Großgeld erblickte im Morgengrauen jenes Sommertages das Licht der Welt. Vor Überraschung wollten mir die Augen aus dem Kopf springen.

Wahnsinn! Teemeyer – Wahnsinn! 50 + 50 + 50 + 50! Der Hammer!! Die Musen der Kunst sind mit Dir, haben deinen tapferen Willen nicht unbelohnt gelassen. 4 x 50 Euro – aber stopp! Der Echtheitstest, du Glückspilz!

Ich zückte mein Smartphone, ließ den Taschenlämpchenstrahl über die Scheine gleiten. Wie erwartet blitzten die Wasserzeichen auf. Es waren wahrlich keine Monopoly-Moneten, die ich da vor Augen hatte! Ich jauchzte vor Freude gen Dämmerungshimmel. Knallte die Hecktüren zu und schwang mich in meine Fahrerkabine.

Ein Hoch auf Mr. Heisenberg! – 200 € Entschädigungssumme für eine halsbrecherische Nacht!
Ich winkte voll Euphorie dem bebrillten Prius-Fahrer.

Jetzt aber heim ins Auenland! Aus dem Radio klangen Beats von sunshineLive. Ich ließ die Fenster runter, begrüßte den erwachenden Tag lächelnd. Das Sturmwetter tobte mittlerweile über einem anderen Landstreifen der Republik.

123

Die Knarre, ein Gammler
&
Signorina Loren

Hätte ich doch nur auf sie gehört...
Der Raum ist wirklich klein, hat nur ein Fenster. Ich fühle wenig Sicherheit, trotz meterdicken Betonwänden. Ich vermisse unablässig ein hohes Gut; es beginnt mit dem Buchstaben F. Allerdings vermisse ich auch meine gediegene 3-Zimmer-Wohnung.

Mir hat das Stadtleben gut gefallen. Wie konnte das alles passieren – dort in meiner Bude? Du hast völlig die Kontrolle verloren. Schnell, mach die Augen wieder zu! Trotzdem kommen da Bilder, flackern auf wie Feuerzungen. Diese böse Vergangenheit, Zerfall einer kleinen Stadtwohnung... Da liegt zu viel Krempel auf dem Fußboden, verstaubte Bücher dösen ungelesen in ihren Regalen. Auf dem Couchtisch türmen sich Teller mit angetrockneten Essensresten. Bestimmt erfreuen sich im Moment die Schmeißfliegen und ähnliche Widerlinge daran. Dagegen kann ich nicht das Geringste unternehmen. Diese flügelbestückten Schmarotzer sind dort, und ich hocke hier. Wie die alten Nudeln, der Basmati-Reis, die Götterspeise – verdammt zu? Ähm, vergammeln? Nein, aber weswegen sitze ich dann hier? WIESO?

Nicht mal meine Knarre durfte ich als Andenken mitnehmen. Och, ist es denn wirklich mehr als ein Spielzeug für Jungs? Hm, ist 'ne Glock. Ja, 'ne Glock 17. Ich rede jetzt von meinem verehrten Softair-Modell, Kugelkaliber: 6,0 Millimeter, Federdruck: 0,6 Joule, Magazinkapazität: 25 Schuss. Jeder »Feuerstoß« verlangt ein Zurückziehen des Schlittens per Hand, so spannt sich die Feder für den nötigen Luftdruck, und zugleich rückt das Hartplastik-Geschoss in seine Kammer zwischen dem Druckbolzen und Lauf. An jenes Schlitten-Ziehen, in der Waffenkunde als manuelles Repetieren bezeichnet, habe ich mich schnell gewöhnt. Und wie gut die in der Hand liegt – meine Knarre. Ja, zudem sieht meine feine Glock verblüffend echt aus. Diese Optik in Mattschwarz gefällt mir prima an ihr. Oft hab ich sie in die Stadt ausgeführt, wollte ihr bisschen die Gegend und die Leute zeigen. Nein, schüchtern ist sie dabei selten gewesen.

Einmal hat meine Wumme sogar zwei Menschenleben gerettet. Gut, das war jetzt etwas übertrieben formuliert. Ich verbessere, will es genau schildern: Neulich hab ich beobachtet wie mehrere Jungs, so großmäulige Scheißer im Konfi-Alter, auf der Skateranlage zwei Mädchen mit China-Böllern traktierten. Anfangs hat es wie ein Spiel, wie eine Neckerei unter Jugendlichen gewirkt; Kippen haben sie ja auch hin und her getauscht. Doch plötzlich hat da eine Feuerzeugflamme neben dem Kopf des einen Mädchens gezüngelt. Sie wurde von zwei Rotznasen gegen eine Holzrampe gedrückt. Ich erkannte: Hilflosigkeit in Oberkörper und angstverzerrtem Gesicht. Ihr kleiner Mund schnappte nach Luft; ihr ging sichtlich die Widerstandskraft aus. Obendrein näherte sich die Flamme drohend dem Naturblond an ihrer Schläfe.

»Rück die Scheine raus, Bitch! Los! Dein Taschengeld!«

Darauf hab ich das satt gefüllte Magazin der Glock 17 sprechen lassen. Vielmehr *einschreiten* lassen. Ohne Zögern, ohne Gnade. Den überraschten Visagen der Backfisch-Peiniger blieb nicht der Hauch einer

Chance gegen die blitzschnellen Kugeln. Großes Glück für die Twiggys: dank Windstille konnte Mr. Glock auf über 15 Meter Distanz seine Ziele treffen. Er traf Hinterköpfe, Ohrläppchen, kahle Nacken und blanke Arme. Fluchend und flennend ergriffen diese Möchtegerngangster das Hasenpanier. Die Mädels indes jubelten und beklatschten meine Rettungsaktion, zückten Handys, um ihren neuen Helden mit einem Foto zu rühmen. Mensch, welch herrlicher Rausch der Vergeltung meinerseits. Erst gezielte Aggressivität, dann Triumphgefühl. Hat Spaß gemacht.

Nun, in der Stadtwohnung, ist meine Knarre auch eine nützliche Anschaffung gewesen. Man kann mit ihr auf Fliegen- oder Schnakenjagd gehen. Ähm, dem Tierschutzbund kann ich diesbezüglich beim besten Willen nicht entgegenkommen. Sorry, an alle Tierseelen-Retter.

Aber ich hab das einmal in meiner Kindheit erlebt, dass mir so ein fieses Stechwesen von Schnake direkt auf den Schniedelwutz pikste. Am nächsten Morgen: Fragezeichen, krasse Verwirrung über den nachtaktiven Übeltäter UND fette Schwellung einhergehend mit Juckreiz! Ich rubbelte mir zwei Tage an Sack und Schwengel herum, lebte obendrein in

Angst vor Beeinträchtigung meiner späteren Zeugungskraft, bis das Malheur abheilte und der Bubi endlich wieder sorgenfrei pinkeln konnte. Tja, und seitdem muss ich... vor allem in den Sommermonaten! Mir gehen schlicht die Nerven davon, wenn so ein Stechbiest um mein Bett herumschwirrt. Zur Abhilfe hab ich 'ne Lichtfalle auf dem Kleiderschrank installiert. Wenn dann eins von den Biestern dicht am engmaschigen Schutzgitter flattert, kann ich kraft meiner Wumme den Fight mühelos gewinnen. Diese Tier-gegen-Mensch-Schlacht führe ich schon seit Ewigkeiten. Ich weiß, da muss wohl in meiner Birne so 'ne Art Schnaken-Phobie vorliegen, oder? Wie das manche mit der Gattung Arachnoide, also dem Spinnentier, haben. Die Herren Doktoren sprechen dann von *Arachnophobie*. Mein Gott, muss man sich denn mit jedem Lebewesen auf dem Planeten gut vertragen?

Neben meiner Schnaken-Angst hab ich auch Schiss vor einer speziellen Gattung Mensch: den Faschos. Ein Wunder, dass ich von den Braunen noch keinen über den Jordan geschickt habe. Gerade wenn man bedenkt, dass unweit meiner Stadtwohnung ein Nest dieser Schadbilder zu finden ist. Ihre Beiz haben sie ›Adlers Schlemmerberg‹ getauft. Es treffen sich dort gern 33 bis 45 Neonazis und schlemmen. 6 Abende die Woche, Montags = Ruhetag. Geschlemmt wird übrigens deutsches Bier, deutscher Schnaps und Gulaschsuppe mit Rindfleisch vom deutschen Metzger.

Nur selten war ich dort, um mir gewissenlos einen über die Lampe zu gießen. Doch jedes Mal hab ich mir gewünscht, ich hätte meinen schießwütigen Freund namens *Mr.Glock* mit reingeschmuggelt. Aber womöglich hätten die Glatzen nur über die Anwesenheit einer Softair-Gun gefeixt und gelacht. Wobei diese teuflisch winzigen 6-Millimeter-Kugeln jede Menge Schaden in der Visage eines *Ariers* anrichten könnten. Vor allem auf nahe Distanz.

»Bella?«, rufe ich, »Darling?«, und nebenbei verstecke ich die Knarre hinter dem Hifi-Turm im Wohnzimmer. Sie kann nämlich meine Glock nur bei guter Laune ausstehen. *Ob sie mich gehört hat?* Die Tür zum Schlafzimmer steht offen. Ich weiß, dass sie nicht schläft. Nein, sie ist hellwach. Im Bett liegt sie, hat sich unter die Zudecke verzogen, weil sie wütend ist.

Meine Fresse, was hab ich denn Schlimmes verbrochen?

»Darling... ach, bella«, rufe ich und mache meine Stimme so weich wie ein Kissen. Nein, Mumpitz, ich meine: wie eine Feder. Ich bin ein Meister darin, meiner Stimme die Weichheit einer Fasanenfeder zu verleihen. Genau das mögen die Frauen. Aber nur mein halbitalienischer Engel soll meine sanfte Verführerstimme hören. Ich will keine andere Mieze. Bin soooo happy mit ihr. Denn ich liebe diese Frau wirklich, auch wenn sie manchmal kindisch ist und sich im Schlafzimmer versteckt. Ich weiß, sie liebt mich auch, sonst würde sie kaum schon drei Jahre in einer Bude mit mir hausen.

Das war in meiner coolen 3-Zimmer-Bleibe nahe dem Stadtzentrum. Oft konnte ich die Wohnung dort tagelang nicht verlassen. Ein sogenanntes Stimmungstief. Dann war *ich* derjenige, der sich unter einer Decke versteckt hatte. Jedoch hat meine Göttin mit dem nachtschwarzen Haar auf der Bettkante gesessen, um den Angstschweiß vom *Totengesicht* ihres Liebsten zu wischen. So liebevoll kann sie sein. Wie eine Mutter lauter liebe Dinge zu einem sagen; beruhigende Worte sprechen. Reden bis die Furcht vor der eigenen Existenz die Waffen streckt, und wieder Raum in den Räumen für Normalität und Harmonie bleibt.

Sie hat auch mit keiner Silbe gemeckert, wenn meine Knarre neben mir auf dem Kopfkissen schlummerte. Erst als sie abends müde wurde, neben oder mit mir schlafen wollte, musste die Glock unser Schlafgemach verlassen. Den Wunsch hab ich ihr gern erfüllt. Konnte es eh nie ganz glauben, dass eine solche Schönheit an meiner Seite einschlafen möchte. Wenig später glückselig einschläft, nachdem wir uns so zärtlich...

»Ach, mein Seepferdchen«, rufe ich erneut mit meiner besonderen Verführerstimme, »bitte, bitte, bitte sei doch wieder fröhlich. Es tut echt weh – dein Schweigen.«

Und plötzlich höre ich sie im Schlafzimmer leise reden. Sie hat's verdammt gut drauf, so leise zu sprechen, dass man ganz Ohr und ruhig wird. Ich kann von Pausen entschleunigt »verteufelte Automaten«, »unser Konto«, »mein Geld«, »Glücksspiel«, »Hasardeur«, »Schande« und »Therapie« vernehmen.

»Nein, niemals«, betone ich lautstark, »du brauchst dir keine Sorgen zu machen. Ich bleibe hier, den Rest des Monats bleibe ich hier. Nur bei dir. Nein, die einarmigen Banditen kriegen keinen Cent mehr von uns. Ist versprochen. Vertrau mir. Ich bleibe nur bei dir!« Und nochmals spricht sie mit kaum hörbarer Stimme. *Wann kommt sie da endlich wieder raus?*

Ich will, dass sie zu mir ins Wohnzimmer kommt. Meine Knarre hab ich ja bereits versteckt. Wir könnten zusammen auf der breiten Couch flaggen, so ätherisch leicht in den Abend chillen. Ich will meinen Kopf auf ihren Bauch legen, träumen, während sie mit ihren weichen Fingern durch meine Mähne streichelt. Es war ja auch ihre Idee, dass ich mir die Haare wachsen lasse. So wie dieser Yuppie in dem Mystery-Drama *Vanilla Sky*, hat sie gemeint. Ich schaute mir den Film, ein US-Remake übrigens, mehrmals an; cooles Drehbuch, welches die Handlung in den dramaturgischen Rahmen des *Unzuverlässigen Erzählens* fasst. Auch wenn mir der Cruiser Tom, also der Hauptmime, mit seiner Scientology-Show auf den Zeiger geht, im *Real-Life* soll er ja dieser Sippschaft aus Paralysierten angehören. Na denn, seine Vanilla-Sky-Mähne hab ich trotzdem kopiert. Aus Liebe zu meiner Freundin, zu meiner Signorina mit dem Heiligenstatus.

Früher trug ich ganzjährig 'nen 8-Millimeter-Soldatenschnitt, 'ne Art Kampffrisur, wie die Söldner der Légion étrangère. Damals hatte ich auch mächtig Stress mit einigen Kleingangstern, hatte

Mut und dennoch viele Feinde in der Stadt. Wieso eigentlich? Kifferdeals? Geprellte Rechnungen? Offene Privatkredite? Ach, egal! Liegt lange zurück, ist die Erinnerung nicht wert. Jedenfalls konnten mich die Feinde bei den Schlägereien am Bahnhof oder in Kneipen nicht an den Haaren greifen, heranziehen und so. Ein Vorteil ist das allemal gewesen. Wie diese Wichser deine Uppercuts fressen mussten! Sei dankbar, Narr, dass jene blutbefleckte Ära deines Lebens begraben liegt.

»Bitte, bitte! Per favore, prego!«, jaule ich, und meine Stimme klingt plötzlich nicht mehr so schmeichelhaft, so *lusingando* wie sie das gern mag. »Ooooh bella, warum lässt du mich so lang allein?«

Unversehens packt mich die altbekannte Angst im Genick, zwingt mich von der Couchgarnitur runter auf den Boden. Zögernd und schwitzend krieche ich zur Wohnwand rüber, angle meine Knarre hinter der Stereoanlage hervor. Ich streiche über den kalten glatten Schlitten, prüfe den Ladestand im Magazin. Es ist bis zum Anschlag hin gefüllt mit perlweißen Kugeln, die weder vor Insekten noch Gammlern haltmachen. Am besten werde ich gleich mitten im Wohnzimmer Stellung beziehen. Die Nische unter dem Couchtisch scheint mir dafür gut geeignet. Auf allen

Vieren robbe ich auf meinen ausgemachten Posten. Ich liege eine Weile auf dem Parkettboden, kontrolliere meine Atmung, schwitze in einem fort; unmittelbar über meiner Nase schwebt die Tischplatte.

Meine Knarre hab ich mir quer über die Brust gelegt, so ist sie schön griffbereit, und mein Engel kann die Überraschung unmöglich sehen. Ist ausgeschlossen. Ich muss mich sammeln, mental vorbereiten, darf nichts überstürzen. Die Lage wird allmählich todernst.

Wie sieht es denn auf der anderen Seite des Wohnzimmertisches aus? Eine ziemlich genaue Vorstellung hätte ich diesbezüglich: Gelatinekapseln, Heil-Dragees und ähnliche Pillen warten dort auf ihre tägliche Einnahme mit reichlich Flüssigkeit. Dieses Arsenal aus Wundermitteln verspricht einem unter anderem ›Die Reduzierung von Müdigkeit und Erschöpfung‹, ✓›Normalisierung von psychischen Funktionen, Erhalt stabiler Knochen und Muskelfunktionen‹, ✓›Das Beibehalten eines starken Immunsystems, optimale Regulierung des Säure-Basen-Stoffwechsels‹, ›Erhaltung von normalen Nägeln, reiner Haut sowie gesunden Zähnen‹, ✓›Die Bekämpfung von Schäden durch freie Radikale‹ , ›porentiefe Reinigung der Gesichtshaut‹, ›voluminöses

Haar für Frauen‹, ›Erhalt der Sehkraft und Förderung der Tränenfilmproduktion‹, ✓›Optimierung von Konzentration und Durchhaltevermögen‹, ›Mehr Resistenz im Alltag‹, ✓›eine natürliche Verbesserung der Gedächtnisleistung‹. Vor allem auf diese Ginkgo-Biloba-Kapseln schwört meine gesundheitsbewusste Freundin.

Sie ist ja an der Uni eingeschrieben, als Studentin mit Ehrgeiz. Sie hat 'ne soziale Ader und belegt deshalb Lehramt-Kurse in Deutsch, Ethik und Sport; das Realschul-Level, meine ich zu wissen. Und bei dem ganzen Theorie-Kram in den Auditorien ist ein gutes Gedächtnis unentbehrlich. Ist doch klar wie Kloß-brühe! Außerdem hat sie ein Faible für Yogi-Tee. Den gibt's in zig verschiedenen Sorten. Eine Kanne kann wie ein Ticket in diese oder jene Gemütsverfassung wirken. Ich wette, dass mindestens fünf Packungen zwischen dem Kapsel-Chaos ihrer heilsamen Einverleibung entgegensehen.

Neben dem Pillen-Labyrinth findet sich ein halbes Dutzend Ratgeber. Allesamt behandeln das Thema Sucht beziehungsweise ›Sucht-Befreiung‹, teils inklusive Lehr-DVD. Meine angehende Pädagogin hat diese mit Tipps vollgetexteten Büchlein herbeigetragen, um das Schlimmste abzuwenden.

»Darling«, rufe ich und spüre die Glock 17 nah an meinem Herz. »Darling, ich bin ein wandelndes Lexikon in puncto private Suchtbekämpfung. Ich weiß alles über Präventionsmaßnahmen. Soll ich mal ein Referat vortragen? Soll ich? Ach, bella, komm endlich wieder ins Wohnzimmer. Bitte, prego!... Ich bin verloren ohne deine Liebe. Das weißt du doch, oder? Na was ist jetzt, mein Seepferdchen? Cara mia!«

Nichts ist, NICHTS, weil die Oberheilige einen Rochus auf mich schiebt. Und irgendwie kann ich das Gezeter ja verstehen. Denn als sie gestern Nachmittag an der Universität war, hat mich der *Horror* wieder überfallen. Und ich *musste* handeln... Morgens gegen zehn hab ich noch bei ihr am Bett gesessen, hab sie klammheimlich beim Schlafen beobachtet. Meine Götzen im Tempel, sie sieht wunderschön aus, wenn sie so selig durchs Traumland wandelt. Ihr Gesicht strahlt, leuchtet förmlich, kein Makel findet sich daran. Und wenn sie so schlummert mit dem mystisch schwarzen Haar um das liebreizende Haupt geschmiegt, dann muss ich sogleich an die Loren denken. Hab ihr das auch schon oft gesagt, dass sie der Ex-Aktrice Sophia Loren sehr ähnlich sieht. Der Mund zum Beispiel oder die Augenpartie mit den hohen Wangenknochen. Doch sie hat nur gelacht und mich als Traumtänzer verhöhnt. Wer weiß, vielleicht ist es ihr in Wahrheit voll bewusst und sie möchte den Stolz darauf nur mit niemandem teilen, who knows?

Trotzdem hab ich irgendwann mal eine DVD-Collection besorgt, um quasi meine Argumente zu untermauern. Sogar in Schwarz-Weiß flimmerten die Loren/Mastroianni-Klassiker über die Mattscheibe. Dabei hab ich wohl über 50-mal auf »Pause« gedrückt und gemeint: »Hier! Deine Landsmännin! Schau mal genau hin! Das ist Sophia Loren, und du – du siehst aus wie sie. Echt, wie diese feine Dame. Geh gleich mal in den Spiegel gucken!«

Was soll ich jetzt machen? Ich höre schon, wie der Unmut an die Pforte meines Oberstübchens klopft. Und das ist gar nicht toll. Ich werde nervös. Ihr Verhalten bringt mich noch auf die Palme.

Zur Sicherheit schiebe ich meine Knarre unter den Sitzwürfel der Couch. Mister Glock und meine Person wollen ja kein Unglück riskieren. Unfug ist allerdings was anderes als Unglück. Oh ja, vielleicht bringt mich etwas gepflegter Blödsinn, so ein bisschen *Unfug*, auf andere Gedanken. *Versuch es sofort!*

Rasch verlasse ich meinen Unter-dem-Tisch-Posten und eile zum Fenster. Ich öffne einen Flügel, spähe fünf Stockwerk-Tiefen schräg nach unten auf die andere Straßenseite. Ich sehe die hohe Laterne, eine Bushaltestelle mit Überdachung, und mittig dazwischen steht der von einem Schutzgitter umschlungene Blechmülleimer. 3 Objekte also. Aber wo ist das Subjekt? Alle sind da, warten – nur das verkrachte Subjekt fehlt. Wo bleibt der Gammler heute? Ich will jetzt den Pfandflaschen-Sammler sehen! Will hören und sehen, wie er ungeniert pfeifend im Schlund des Mülleimers wühlt. Das macht er doch fast jeden Tag. Sommers wie winters! Einen verratzten Seesack hat er meistens im Schlepp. Kann keiner mehr zählen, wie oft ich den Lahmarsch dort unten schon hab rumlungern sehen. Zigarillos mit Jägermeister, ist sein Leibgericht.

Mensch, Monsieurs Knasterbart, wo zum Geier stecken Sie?
Ich spiel doch so gern unser Spiel. Glotzend, suchend beuge ich mich weiter aus dem Fenster. Die frühabendliche Straße ist wie leer gefegt. Nur vier parkende Karossen. Nichts regt sich.

Verdammt, hab ich überhaupt kein Masel heute?
Mit wachsender Frustration wende ich mich vom

Fenster ab. Das darf alles nicht wahr sein. Erst meine Geliebte, dann der 60-jährige Stinkstiefel von einem Penner! Haare raufend umkreise ich den Couchtisch, die Wut grapscht nach mir. Von allen Seiten will sie mich greifen. Ich setze mich auf einen Stapel Ratgeber und versuche einen lauten Furz aus dem Arsch zu pressen. Keine Chance, kein Tönchen. *Mannomann, nicht mal das will dir gelingen! Keinen leisen Pups kriegst du Jammerlappen auf die Bücher!*

Nochmals gehe ich ans Fenster, beuge mich idiotisch weit raus, äuge hinab zu meinen drei Objekten. Laterne, Mülleimer, Bushalte. *Nanu?* Meine Ohren vernehmen vertraute Geräusche. Ein menschliches Pfeifen? Ich blinzle – sehe plötzlich das Wunder des Tages mit einem Seesack herbeischlurfen.

ENDLICH! Das Subjekt nähert sich dem zentralen Objekt.

Juhu! Mr. Gammler is back!

Mein Stimmungstief ist wie weggeballert. Ich johle eine Begrüßungsfloskel zu ihm runter. Er ist weniger nett, zeigt mir ohne Skrupel den Stinkefinger.

Nun, Gunman, du darfst keine Zeit verlieren!

Ich hole meine Knarre ans Fenster und eröffne das Feuer Richtung Mülleimer. Ich ziele auf seine Pfoten und Hosenbeine, aber die Windstärke will nicht recht wie meine Schießkunst will. Fatalerweise fliegen die Minigeschosse gegen seine vom Jägermeister beduselte Rübe.

Der Gammler flucht vor Schmerz, lässt eine Bull-Dose fallen; sucht den Schützen hinter Fenstergardinen einer Wohnblockfassade. Jetzt sieht er die Pistolenmündung der Glock, mein diabolisches Grinsen, welches dem eines Mafioten in nichts nachsteht. Diese Situation haben wir schon oft gehabt: Kugeln und Ziel, Schütze und Opfer. Jeder muss sich irgendwie vom Alltagstrott abreagieren, oder?! Ich will gerade – merklich echauffiert – nachladen, als der Gammler den ersten Schritt zur Rache tut: ein Handy wird gezückt. Sein linker Zeigefinger stochert aufs Display ein. Im Taumel der Erzürnung und Trunkenheit brüllt er die Stockwerke hoch: »Heute – heute bist du fällig! EY, HURENSÖHNCHEN! Hörst duuu? ICH verpass DIR eine Lektion!«

Augenblicklich stelle ich die Ballerei ein, sehe wie das Smartphone an sein Ohr wandert. Für wenige Sekunden herrscht Totenstille, dann erkenne ich, dass seine Kieferknochen eifrige Bewegungen machen. Ich will was zurückrufen, aber der Gammler ist ironischerweise schneller. Brüllt wie ein verletzter Grizzly: »Duuu! Du kleines Sadisten-Schwein sollst bluten! Ich hab die Bullen gerufen! Hurensöhnchen, dein Benehmen ist eine Schande! Die werden dich holen! Die Bullen werden dich endgültig holen! Und den Luzifer rausprügeln sollen sie dir! Hast noch zehn Minuten! HA, DU MIESE RATTE!!«

Ich sehe, wie er zwischen Laterne und Bushaltestelle umhertorkelt; seine hassgeladenen Fäuste schlagen wilde Haken in die Luft.

Auweia, was hast du gehirnamputierter Schwachmat da angerichtet? Mach schnell das Fenster zu!

Erneuter Aufschrei der Empörung: »Bürschchen, komm bloß runter – und ich trommle dir alle Zähne ein!«

O ja, ich hab gleich doppelt Scheiße gebaut. Erst die liebe Loren, dann der arme Stadtstreicher. *Fuck off, dumbass!* Und den ganzen Schlamassel nur wegen der Spielhalle, draußen im Gewerbegebiet. Sie war in der Uni, und ich hab's daheim nicht mehr ausgehalten.

ABER DU HÄTTEST ES AUSHALTEN MÜSSEN!!!

Erbarmungslos packt mich die Selbstverachtung im Genick. Ich wirble herum, pfeffere meine Glock 17 in die Ecke und schnappe verzweifelt nach Luft. Es bahnt sich ein gewaltiger Ekel in mir an. Jesus, es ist der Ego-Ekel. Mir hallt der Zornesausbruch des Gammlers im Ohr, das treibt meinen Ego-Ekel an; dieser rauscht jetzt von den Zehenspitzen aufwärts, weiter durch meine Magengrube bis hoch zum Adamsapfel. Teufel, das passiert so unaufhaltsam schnell, dass ich es kaum noch schaffe, das Fenster wieder aufzureißen, mich rauszubeugen und -.

Das Seepferdchen weint. Leise weint es im Schlafzimmer. Hat mich fluchen, Auf-Menschen-Schießen und kotzen gehört. Nein, das kann keinesfalls ein Gentleman... Meine Teure weint so leise, dass ich es kaum höre. Und irgendwie kann ich verstehen, dass ihre Tränen mittlerweile ein kleines Bächlein vom Kopfkissen bis runter auf den Fußboden bilden.

Gestern, gestern Nachmittag. Alles hab ich versaut. Mich hat's fürchterlich in den Fingern gejuckt. Doch was weiß ein Engel denn schon, wie das ist, wenn man's nicht mehr aushalten kann? Wenn man von der einen auf die andere Minute seine Selbstkontrolle verliert. Und desgleichen den Respekt, die Achtung vor fremdem Eigentum in Form von Geldscheinen. *Money Money Money!*

Ja, ich hab übelst Mist gebaut. Bin schwach geworden, obwohl ich versprochen hatte, nie wieder so schwach zu werden. Gestern Nachmittag als sie beim Studieren war, bin ich an *Orte* gegangen, wo ich niemals wieder hätte hingehen dürfen: an ihr rosarotes Sparschwein und die letzte Adresse im Gewerbegebiet.

Das Schweinchen aus Porzellan stand meinem Vorhaben relativ machtlos gegenüber. Der Schatz nach dem ich gierte war im feisten Hängebauch eingeschlossen. Eine volle Viertelstunde suchte ich den winzigen Schlüssel für ein nahezu unsichtbares Schloss. Statt einem passenden Schlüssel fand ich immer wieder nur eines – den Baseballschläger. Erbstück eines verstorbenen Onkels. Endlich konnte ich diese Sportskeule mal in Gebrauch nehmen.

Krach! Bum! Verwüstung! Porzellansplitter!
Geöffnete Schatztruhe auf dem Küchentisch!
Es glitzerten mehrere Scheine im Tageslicht: 2 x hellgrün, 4 x hellbraun; in toto 400 Euro. Für das Snowboard plante sie Rücklagen von 500 Euro ein. Wintersport ist lebensgefährlicher Luxus, dachte ich herzloser Schweinchen-Killer.

Dann steckte ich die vier Fünfziger ein und machte die Fliege. Ja, wie eine triebgesteuerte Schmeißfliege steuerte ich das Gewerbegebiet an.

Dort steigerten betörend blinkende Automaten meine Gier, meinen *Hunger*.

Ich war hochmotiviert, die Spielhalle erst mit dem dreifachen meines Einsatzes wieder zu verlassen. Dann könnte mein Liebling, dachte ich hyperspendabel, auch gleich ein Board für 600 Mäuse anschaffen; mir bliebe dennoch 'ne 200er-Siegesprämie. *Ist das kein fairer Deal, Baby?* Junge, dein Rekord liegt bei 1300 – also los, King of Coins!

Leider leider leider war gestern kein Glückstag für Könige. Binnen zwei Stunden konnte ich einmal verdoppeln. Anschließend ging es so rapide in den Keller, dass ich nur mit größter Mühe plus Knöpfe-Drücken-Finesse ein blaues Gotik-Scheinchen vor den Schlünden der Automaten retten konnte. Alsbald klingelte mein Handy. Die Wut in ihrer explosiven Stimme sprengte mir schier die Ohrmuschel weg. Ich stahl mich raus; 20 € Restsumme, NULL Gewinn. Rannte auf die S-Bahn, löste in Hast und temporärem Intelligenzdefekt keinerlei Ticket. Wie ein vom Hagelsturm verdatterter Kater kehrte ich also in unsre Wohnung zurück.

Mit Tränen in den Augen saß die Schöne am Küchentisch. Ihr ganzes Wesen betrauerte den Doppelmord: treues Sparschwein und neues Snowboard.

Auf einmal sprang sie auf und griff zum Pfannenwender.

Hatte die süße Signorina etwa heimlich mit dem Eschenholz eines Baseballers geübt? Ehe ich mich versah, platzte das Fleisch an meiner Unterlippe auf. Echtes Blut rann mir übers Kinn. Realität, kein PC-Spiel! Nun wusste ich, was manche Kumpels mit dem schlagfertigen Temperament einer Italienerin gemeint haben. O ja, hehre Brüder!

Ich stürmte das Badezimmer, gejagt von ihren Verwünschungen. Etwas lag in der halb vollen Wanne. Ich beugte mich über den Wasserspiegel, ließ mein Blut in klare Tiefen sinken. Noch ein Schreck: das signierte Erbstück vom Onkel musste dort unten den blauen Tod sterben.

Und jetzt, 24 Stunden später, will ich unser Schlafzimmer betreten und ihr sagen, dass ich ein Bächlein aus Tränen nicht wert bin, dass sie nicht länger wütend sein muss und dass ich auch nie nie nie! mehr ins Gewerbegebiet fahren werde, geschweige denn so schwach sein werde. Ich möcht auch sagen, dass ich mich an die schlauen Tipps aus den klugen Ratgebern halten werde. Ab heute. Ehrlich, großes Ehrenwort! Selbstverständlich bin ich für diese Art von Fachliteratur dankbar, echt total dankbar. Oha!, ganz wichtig: dass ich ihr Sparschwein plus Inhalt zu 100 % ersetzen werde. Vielleicht sogar gleich morgen...

Ich nehme Kurs aufs Schlafzimmer, bemerke indessen mein Erscheinungsbild. *Igitt, igitt! Äußerst unattraktiv.* T-Shirt und Trainingsjacke von Trigema sind mit Kotzflecken besprenkelt. So ekelerregend kannst du dich unmöglich zu ihr ans Bett setzen. Ich schlappe wieder ins Wohnzimmer, um 'nen neuen Plan aufzustellen. Von draußen, von der Straße unten werden Schimpfworte hoch ans Fenster geschmettert. Der brüllende Bürgerschreck strapaziert meine Geduld, aber wegen mir kann der seine Philippika bellen bis er die kalte Pisse kriegt.

Erst jetzt fällt mir auf, dass ich seit einigen Minuten nichts mehr aus dem Schlafzimmer gehört habe. Keine beleidigte Stimme, kein trauriges Schluchzen, leises Jammern oder resigniertes Weinen. Bestimmt hat sich der Schlafgott über ihr Leid erbarmt und die Verletzte für ein Weilchen in seine heilsamen Arme geschlossen. Lass sie am besten, rate ich mir selbst an. Derweil kannst du ins Bad gehen, duschen, frische Klamotten anlegen, ein gutes Parfüm wählen. Anschließend wirst du ihr eine Tasse

Tee ans Bett servieren. Quasi zur Aufmunterung. Sicher gibt's in ihrem Sortiment eine Kräuter-Komposition, welche im Handumdrehen happy macht. Oder so unnachahmlich zufrieden wie eine Nonne; personifizierte Bescheidenheit, Genügsamkeit, über jegliche Schneesport-Verlockungen erhaben...

Unverzüglich mache ich mich daran, den Vorrat an Yogi-Tee zu explorieren. Ein Dschungel aus Nahrungsergänzungsmitteln erschwert die Sucherei auf dem Couchtisch enorm. *Ah! Was haben wir denn hier? Und da?* Plötzlich halte ich eine Packung in der Hand, die ich nie zuvor in meiner Bude gesehen habe. *Eine Arzneischachtel? Dampfende Kamelkacke, sind das etwa – ?*
Ich werd bleich im Gesicht, lasse die kleine Medikamentenpackung vor Schreck zu Boden fallen. Der Schock hält an, potenziert sich – denn es klingelt und klopft an der Tür zu meiner Bude.

Hilfe! Der alte Gammler! Das kann nicht die Wirklichkeit sein!
Ich erleide heftige Schweißausbrüche, mein Herz verkrampft sich; ich drehe mich ein paar Mal um die eigene Achse. Der assi Drecksack hat nicht gebluftt?! Diese sich zur Wahrheit verdichtende Befürchtung bringt den Sturz. Ich will mich hoch-

rappeln, doch die Beine versagen mir den Dienst. Das Klopfen an der Tür wird lauter; eine grässliche Mischung aus Klopfen und Klingeln.

Angsterfüllt krieche ich zu meiner Knarre. Die Cops wollen mich holen, dito Mister Glock, wahrscheinlich auch sie – die Schlafende drüben im Schlafgemach.

Ich muss uns alle mit aller Gewalt verteidigen!

Dutzende Kugeln drücke ich ins Magazin der Glock. Repetiervorgang und Probeschuss. Nebenbei frisst sich Panik wie Ridley Scotts Alien-Brut durch meine Eingeweide. Ich bäume mich auf, Adrenalinschub, trommle mir gleich einem Gorilla gegen die Brust und rufe: »Niemals lass ich mich von euch Weicheiern holen! Kommt doch! Kommt nur rein ihr feigen Ärsche!«

Ich brülle wie tollwütig, gebe mehrere Warnschüsse ab. Auf einmal kracht es draußen, im Flur?, und irgendwo splittert Glas zwischen Holzelementen. Die Türen?! Ich blute plötzlich am Kopf, tiefrotes Blut. Ein zweites Gummigeschoss zerdeppert mir die Schulter. Werde ganz still, mache keinen Mucks mehr, gebe alles auf.

Leicht wie 'ne Schneeflocke schwebt ein Teil von mir davon, raus in den Flur. Gefällig möchte ich Türen öffnen, aber jene stehen schon sperrangelweit offen. Nun schwebe ich über einem Polizisten-Quartett in marineblauer Uniform. Womöglich das SEK? Spezialeinheit? Die Typen sind breit wie Schränke. Stoßen mich grob in die Flanken, weisen mich in Schranken, zerren mich zurück ins Wohnzimmer. Einer der Bullenärsche konfisziert meine Knarre, erstickt sie im Vakuum eines durchsichtigen Plastikbeutels. Dann stolpern wir alle weiter zum Schlafzimmer.

»Keiner von euch darf sie anrühren«, sage ich bestimmt, »das Seepferdchen hat nichts damit zu tun. Ey, kapiert? Ihr müsst sie in Ruhe schlafen lassen!« Aber die Wahrheitsfahnder wollen sie keine Sekunde mehr schlafen lassen. Der Bullen-Boss zieht einfach die Bettdecke weg. Sofort schlage ich um mich, will dem Anführer an die Gurgel springen. Null Chance. Die anderen nageln mich kraft Karate-Tritten an die Wand wie ein Urlaubsfoto.

Offenbar ist sie bekleidet in ihr Versteck. Sie hat ihre Lieblingsjeans anbehalten, und obenrum ein Strickpullover von armedANGELS. Völlig reglos liegt ihr wohlproportionierter Körper da; der Hals und ihr Gesicht sind erschreckend blass, die Augen halb geschlossen. Dann sehe ich etwas Kleines, etwas Zylinderförmiges auf dem Nachtschränkchen stehen, höre zwei der Bullenstimmen energisch beratschlagen, kommandieren. Nur Satzfetzen verstehe ich...

»Ist bewusstlos«, »Sofort den Notarzt! Schnell, schnell!«, »Überdosierung. Höchstwahrscheinlich!«, »Sind Schlaftabletten. Ja, Dreckszeug, leider ja!«, »Keine physische Reaktion«, »Wie lange schon?«

...Weil sich mein Gehirn auf den *verletzten* Engel im Bett zu konzentrieren versucht. Telefonate per Handy werden geführt. Der Oberbulle will Antworten von mir, viele Antworten. Ich stottere aber nur, flenne los wie ein Schuljunge.

Die Sonderkräfte schleifen mich wieder ins Wohnzimmer, schränken meine Bewegungsfreiheit sicherheitshalber mittels Handschellen ein. Zwei Taschentücher segeln mir vor die Hausschlappen.
»Gegen die Tränen«, sagt einer mit Roboterstimme. Blut klebt mir an der Wange. Und ich schmecke Blut im Mund, als mich drei der Elite-Cops aus der Wohnung befördern. Es geht runter, abwärts, raus auf die Straße. An der Bushaltestelle wartet ein gepanzerter Kastenwagen.

Der olle Gammler hat mich auch erwartet. Hämisches Vergeltungsgelächter dröhnt aus seinen Zahnlücken. Er spuckt nach mir, ehe sich seine erbeuteten Pfandgüter aus dem Staub machen. Was sagt das Deutsche Strafgesetzbuch zu einer Missetat wie dem Anspucken?

Meine Augen suchen meine 3 *Helden* dieser Straße, finden alle bevor mich die Bullen in ihr Sondervehikel verfrachten. Der Kastenwagen rollt langsam an, ich schaue zurück, sehe eine weltberühmte Gestalt unter dem Schein der Laterne stehen und lustig winken. Es ist *meine* Sophia Loren in einem bezaubernden Abendkleid mit Schleppe.

Und wem winkt die Königin der Leinwand zu?

Tierisch-coole Family

»Die Grausamkeit gegen die Tiere... Sie ist
die Grundlage der menschlichen Verderbtheit.
Wenn der Mensch so viel Leiden schafft, welches
Recht hat er dann, sich zu beklagen, wenn er selber
leidet?«
– Romain Rolland, Pazifist & Nobelpreisträger –

Ich bin kein Verächter von Tieren, das Gegenteil ist der Fall. Ich schätze diese Spezies auf Gottes Erdenball, und ich mag es, abends das Fell unseres Bernhardiners zu kraulen, während die Perserkatze auf meinem Schoß döst. Es erheitert mich, unsere Adoptiv-Kinder zu beobachten, wie sie vorm Kaminfeuer die Griechischen Landschildkröten mit Feldsalat verköstigen. Sogar das Zwergnilpferd, das wir in der Badewanne halten, genießt meine Kameradschaft. Und die zahllosen Kaninchen, welche frei in unserem alten Bauernhaus herumhoppeln, sind mir schon lange keine Lästigkeit mehr. Außerdem ist es inzwischen Usus, dass meine Frau auch herrenlosen Vierbeinern einen Unterschlupf bietet.

Denn meine bessere Hälfte ist eine großherzige Person, die nichts vom Hof scheucht, was Blut und Odem hat. Weder Mensch noch Tier. Manchmal höre ich sie dem Tischgebet leise hinzufügen: »Lieber Jesu, führe auch die Benachteiligten und schwachen Geschöpfe an unsere Pforte. Wir wollen reichlich geben und Freude in deren Herzen bringen.« Dann grienen unsere zehn Adoptivkinder, weil es mir kaum gelingt, die skeptischen Falten auf meiner Stirn zu überspielen.

Schlimmer ist allerdings, dass meine Gemahlin auch bei wildfremden Hausierern nur wenig bis keinen Widerstand leistet. Insbesondere die Produktvertreter dubioser Firmen mit ausländischen Hauptsitzen finden sich Monat für Monat in unseren Stuben ein.

Da werden Nachmittage lang Staubsauger vom Keller bis hoch auf den Dachboden rangiert und minutiös vorgeführt; zig Putzmittel sowie ultrahygienische Klobürsten getestet, deren kryptische Artikelnamen ich mich – aus Furcht, meine Zunge zu lähmen – nicht einmal auszusprechen wage. Nicht so meine hehre Gattin. *Alles* kann sie verstehen UND *alles* gebrauchen. Zum Beispiel Hochglanzmagazine über Urlaubsziele in Australien – sind das nicht entzückende Orte, Schnucki?
Da wählt die Hausherrin am besten gleich das Jahres-Abo!

Neulich pries einer dieser quasselnden Hampelmänner hier das *Neueste Wunderwerk der Technik* an. Eine schuhkartongroße Plastik-Apparatur, welche Radio, Mini-Tresor und Lufterfrischer *innovativ vereint*.

»Niemand würde darin Ihre heiligen Silberstücke vermuten«, prahlte der Verkäufer augenzwinkernd.

»Und ebenso würde niemand hinter einer knarzenden Schuhschachtel den stolzen Preis von 99 Mark erahnen, oder?«, gab ich etwas zu laut zurück. Darauf bot meine Frau dem Dickbäuchigen ein Schälchen Pudding an, und mich schickte sie raus in den Garten. Unkraut jäten.

Jedermann wird also verstehen, dass ich hin und wieder Anfälle leichter Gereiztheit zeige, obwohl ich im Allgemeinen eine vorbildliche Selbstbeherrschung an den Tag lege. Oft ertappe ich mich dabei, dass mein Blick neidisch die Zwergkaninchen streift, die sich frei vom Weltenschmerz im Grün des Gartens niederlassen und seelenruhig ihre Karotten aufknabbern. Und der treudoofe Gesichtsausdruck des Zwergflusspferdes, das in unserer Badewanne gehörig die Schlammbildung beschleunigt, verleitet mich, ihm so manches Mal die Zunge herauszustrecken. Bei ohnehin mieser Laune fährt mir sogar ein Stinkefinger aus dem Ärmel. Auch unser Papagei, der in Diskolautstärke seine stumpfsinnigen Monologe abhält, ahnt nicht im Geringsten, welche Sorge mein Dasein überschattet: die Angst um mein geliebtes Vermögen. Zumal niemand mit einem kleinen Lottogewinn ein halbes Jahrhundert über *happy* werden kann, geschweige denn satt...

Kommt dann noch zur Mittagszeit Besuch, wie zum Beispiel ein Kränzchen alleinerziehender Mütter samt quengelnden Sprösslingen im Kindergartenalter, welche nicht mal beim Löffeln einer Buchstabensuppe ihren Mitteilungsdrang zügeln oder gar in Anfällen der Gedankenlosigkeit den – von mir! – frisch gebackenen Marmorkuchen dermaßen *verstümmeln*, dass ich kurz davor bin, die Nummer eines Seelenklempners zu wählen. In solchen Situationen muss ich strikt an mich halten, um Fassung und Gutmütigkeit zu bewahren. Aber ich bewahre beides. Glücklicherweise gelingt mir dies. Ein Gedicht von Hesse über Geduld stärkt mich darin. Und welcher gute Ehemann möchte sein Herzblatt gern in seelische Untiefen absaufen sehen?

Ein Glück, dass mich der liebe Gott mit einem stattlichen IQ ausgerüstet hat. Also hab ich einen Plan, eine leicht auszuführende Strategie ersonnen. Nun, um den Lebensstandard meiner Family stabil zu halten, stehle ich mich am frühen Abend davon. Natürlich habe ich vier Räder unterm Hintern und bin stilvoll gekleidet. Mein Ziel sind die Nobel- und Villenviertel der Vorstadt. Es geht dahin, wo einem der Wohlstand mit kauflustigen Börsen Tür und Tor öffnet – im wahrsten Sinne des Wortes.

Der Kofferraum meines Volkswagens ist zum Bersten beladen mit einem Sammelsurium aus Gebrauchsgegenständen und Konsumartikeln: Bastel-Scheren, Kosmetik-Produkte, Thermosflaschen, diverse Töpfe und Bratpfannen, Waffeleisen für Kinder, Toaster für Kinder, Zahncreme für Kinder, literweise Eau de Javel, zwei Kühlboxen für Badeausflüge im Sommer, ein Stabmixer; außerdem Massagegürtel für eine gesunde Wirbelsäule, Funkwecker, Leselämpchen fürs Ehebett, Asiatische Küchenmesser, kostbare Likörgläser, Schafsfelldecken fürs Wohnzimmer, 5000 Reißnägel & Büroklammern zur lebenslangen Verwendung, Bio-Honig aus Brasilien, Erdnüsse aus Ägypten, dazu allerlei Glühbirnen und haufenweise Best-of-ABBA-CDs... was für ein kunterbuntes Sortiment!

Ich trage feinen Zwirn und eine Kaufmanns-Krawatte; am unteren Ende meiner Beine blitzen Lackschuhe hervor. Nachdem ich 'nen Schuss Kölnischwasser benutzt, die Vollhaar-Perücke aufgesetzt und den rostbraunen Schnurrbart angeklebt habe, läute ich an der Villenpforte Numero 26. Es öffnet eine fidele Kopie von Ursula Andress mit eigenwillig überschwappendem Busen.

»Guten Abend, Frau Muschelbucht! Mein Name ist Sean Connery, bin von der britischen Top-Secret-AG. Kennen Sie eigentlich schon die neueste Errungenschaft in Sachen Spa und Wellness? Hui! Sie tragen ja nichts weiter als einen Bikini. Verzeihung! Da könnten wir allerdings gleich mal *diese* tolle Fußbad-Wanne...«

Nach dieser Methode verfahre ich monatelang, durchschnittlich drei Tage die Woche. Häufig nutze ich bereits den Nachmittag, um nicht zusammen mit der hereinbrechenden Dunkelheit potenzielle Interessenten erschrecken zu müssen. Außerdem kann ich so effektiver die Wahrheit über meine spontanen Geschäftstermine von der Gedankenwelt meiner Frau fernhalten. Wir leben ja in erster Linie von den Erträgen einer professionellen Weinkorken- und Bierdeckelsammlung. Tja, in jüngster Zeit fragen eben massenhaft Leute aus der Stadt nach Flaschenverschlüssen aus dem 18. wie 19. Jahrhundert. Diese Schmach der Flunkerei gegenüber meiner Gemahlin muss ich nolens volens ertragen. Für die Zukunft des Bauernhauses und seine tierisch-coole Bewohnerschaft.

Nun, Sie fragen nach dem Erfolg? Wie schlägt sich dieser Pseudo-Vertreter an den Türen der Neureichen? Prima! Es läuft ausgezeichnet, sage ich Ihnen. Die Gutbetuchten finden kurioserweise für jeden Schnickschnack den richtigen oder falschen Gebrauch. Japanische Küchenmesser und Softeis-Maschinen mit Rundfunkempfänger sind einfach der Renner. Yes yes yes! Der Rubel rollt! Zumal ich ausnahmslos alle Artikel unter Wert anbiete, veräußere, sozusagen gegen kleines Geld *weiterreiche*. Letzteres scheint die Kundschaft weder zu ahnen noch zu interessieren. Die monetäre Beute meiner vorstädtischen Streifzüge bunkere ich gegen Mitternacht, so ähnlich wie Dagobert Duck, im Tresor meines Arbeitszimmers.

Wenn wir dann am nächsten Morgen beim Frühstück sitzen und mich zehn satt gemampfte Kindergesichter voll des Mutes zum Abenteuer anstrahlen, mir die Schlachtpläne des Tages vortragen, ja dann geht auch in meinem Gemüt die Sonne auf. In den Morgenstunden lerne ich übrigens des Öfteren Tiergattungen kennen, welche der Normalbürger eher in freier Wildbahn anzutreffen glaubt: Dachse, Wildschweine und Eichhörnchen. Erst vergangenen Monat war es ein Exilant aus der Antarktis.

»Ist der kleine Pinguin nicht niedlich?«, fragte meine Frau während dem Abendbrot.

Ich gab leise, sehr leise zur Antwort: »Ja, tja... irgendwie schon.« Lauter, viel lauter hängte ich an: »Was meinst du Darling, wo unser Eisschollen liebender Gast denn am besten seine Nachtruhe verbringt? *Wo* in diesem Haus könnte er schlafen? Und wer weiß schon, ob diese watschelnden Fischvertilger überhaupt schlafen??«

»Ach, mein Sancho Pansa, sei nicht so einfältig«, tätschelte mir ihre Linke die besorgte Wange. »Natürlich benötigen sie regelmäßige Ruhephasen. Ich meine, in Opis ausrangierter Gefriertruhe hat es doch reichlich Platz! Und die Fütterung wollen sowieso unsere Kleinen übernehmen.«

Wie Letzteres vonstatten gehen sollte erlebte ich am darauffolgenden Morgen.

Drei meiner Zöglinge versammelten sich am Gartenteich. Dort sah ich auch den Kaiserpinguin und ein Kinder-Trampolin. Auf Kommando kletterte das Tier hoch auf die Hüpf-Stellage, drehte sich um 180° und demonstrierte einen Kopfsprung ins Wasser. Rasch tauchte der Pinguin wieder auf. Zur Belohnung seines Kunststücks flog ihm ein Fetzen Rinderfilet in den Rachen; geworfen von Kinderhänden, welche die Fleischhappen aus einem Blecheimer zauberten wie der Magier seine Kaninchen. Ein weiteres Mal hüpfte der Seevogel mit dem Schnabel voraus ins Nass des Teiches; die drei kleinen Dompteure jubelten. Und es grämte sich auch keine Seele, als der Tauchkünstler mit mehreren Goldfischen seinen Hunger stillte. Nur ich wurde dabei ein bisschen blass im Gesicht.

Zu meiner Erleichterung musste ich jene Trampolinsprünge im Garten nur wenige Tage erdulden. Den Pinguin packte nämlich das Heimweh; er bekam Sehnsucht nach gleichartiger Familiengemeinschaft. Via Tierschutzbund reiste dieser Freund der Eiseskälte zurück an den Südpol. Das zumindest erzählte meine Frau den geknickten Kindern. Wie seltsam, auch mich erinnerte der Fliegenträger vom Tierschutz stark an einen Zirkusdirektor.

Kaum war der exotische Seevogel verschwunden, ging ich wieder meiner Arbeit als mobiler Verkäufer von *allerlei Nützlichem* nach. Die Qualität meiner Ware hatte sich unter den Reichen herumgesprochen, was meiner Kasse ein erkleckliches Plus an Einnahmen bescherte. Überdies kann ich den Millionären etwas bieten, das die Konkurrenz geradewegs in den Ruin treibt: antikapitalistische Schnäppchenpreise.

Bald zu jeder Mitternachtsstunde, noch vor dem Zubettgehen, prüfe ich den Stauraum des Tresors. Und wie's im Duden heißt, tue ich dies mit einem lachenden und einem weinenden Auge. Ein geheimer Geldhaufen, der stetig an Volumen zulegt. Zentimeter um Zentimeter; hauptsächlich Zehner-, Zwanziger-,Fünfzigerscheine. Kontinuierliches Wachstum – obwohl ich mein Business reduziert habe.

Mir ist klar, dass ich diese Strategie der Kapital-Rückgewinnung nicht ewig und 3 Tage fahren kann. Früher oder später werden meine Kräfte streiken, wird der VW-Motor den Geist aufgeben oder gar das Finanzamt mithilfe der Exekutiven alles vereiteln. Ganz zu schweigen von der wachsenden Skepsis meiner Ehefrau...

Lieber Gott, schloss ich mehrfach in mein Bettgebet ein, könntest du nicht allen Hausierern auf norddeutschem Boden den Garaus machen? Vielleicht per Blitzschlag? Kurz und schmerzlos. Nein, unerhört brutal? Absolut unchristlich, wegen Familie und so? Is klar, verstehe. Aber bitte sorge dann wenigstens dafür, dass diese Quacksalber künftig beim Betreten unseres Grundstücks von höllischen Magenkrämpfen geschüttelt werden und auf immer das Weite suchen. O bitte! Ich glaube an dich, allmächtiger Rauschebart im Himmel. Herrscher über alle Ozeane und Erfinder vieler Feiertage. Amen!

Am nächsten Morgen setzte ich mich ausgeschlafen an den Tisch zum Frühstück. Die Hälfte meiner Schützlinge hatte sich bereits gestärkt und war auf dem Weg zur Schule. Die fünf Kleinen löffelten brav ihre milchgetränkten Cornflakes in sich hinein. Natürlich unter der mütterlichen Obhut meiner Frau. Diese grinste mich an und verkündete: »Du, vergangene Nacht hatte ich einen seltsamen Traum. Da steckte der liebe Gott dahinter. Hundertprozentig; könnte vor allem dir gefallen.«

»Hui, wirklich? Meinst du? Erzähl mal, Liebling!« Mein Interesse schoss hoch wie das Magma im Vulkan.

Sie erzählte haargenau, ausschweifend, prosaisch, wählte Worte im langatmigen Stil eines opiumbenebelten James Joyce. Dann, endlich war alles ausgesprochen – die Quintessenz so anschaulich wie Rippen auf einem Röntgenbild. In ihrem Traum seien unzählige Briefe ins Haus geflattert. Gesichtslose, in weiße Stolen gehüllte Boten mit Flügeln auf dem Rücken hätten Brief um Brief herbeigebracht. Alle enthielten ein und dieselbe Nachricht:

Kaufen Sie in diesem Jahr keine Staubwedel und keine Klobürsten mehr! Vertrauen Sie mir.

Es wird Ihrem Hause an nichts mangeln!
MGG – Mit Gesegneten Grüßen
JESUS – IM AUFTRAG DES HERRN

»Und??«, fragte ich gespannt wie der Indianerbogen, »wirst du die Botschaft des Schöpfers aller Tiergeschöpfe vollkommen ernst nehmen?«

Sie nickte lächelnd, was ich kaum zu glauben vermochte; krönte mit einem poetischen »Ganz gewiss« ihren Entschluss zum *Nein-nein-nein-wir-kaufen-nichts!*

War das nicht göttlich? Ich wollte gerade jubelnd die Fäuste hochreißen, ihre morgendlich zarten Wangen küssen, als die Tragwände unseres Bauernhauses von einer heftigen Erschütterung erfasst wurden. Der Esstisch hob vibrierend vom Boden ab, die Aquarellzeichnungen wackelten wie verhext und der Inhalt meiner Kaffeetasse zeigte unheilvollen Wellengang! Prompt verflog meine gute Laune. *Da* – noch eine dieser grässlichen Erschütterungen! *Du großer Gott!* Ich bekam es mit der Angst zu tun.

Blass wie ein Grabtuch sprang ich vom Stuhl auf und rief den anderen zu: »Schnell! Wir müssen von hier weg! Das ist ein schlimmes Erdbeben! Wir müssen sofort das Haus verlassen, sonst gehen wir alle über den Jordan! Los, Kinder! Folgt mir nach draußen – ins Freie!!«

Niemand bewegte sich; keines der Kiddies machte Anstalten, sich auch nur einen Zentimeter gemäß meinen Anweisungen zu rühren. Ich stand da wie Käpten Ahab, der über ein matrosenleeres Achterdeck kommandiert. *Spürt und sieht denn keiner außer mir den tobenden Wal?!*

Jetzt legte meine Frau den Honiglöffel hin.

»Egon«, sagte sie verstörend leise, »es ist lediglich Jumbo. Du kannst dich wieder setzen, bitte.«

Erneut begannen die Wände um mich herum zu beben; das Geschirr klirrte wie in einem windzerzausten Geisterhaus. Die Kinder pressten sich die Hände an den Mund, um ihr Gekicher zu verstecken.

»Grundgütiger, was geschieht hier?«, brüllte ich los. »Und wer zum Geier ist Jumbo?« Das erste Mal in meinem ausgeglichenen Landleben brachte mich etwas zur Weißglut.

»Jumbo«, teilte die jüngste der Mädchen mit, »ist unser Indischer Elefant. Hurra! Er darf unten im Keller leben, sagt Mami!« Schuldbewusst senkte jene ihr schönes Haupt. Und schwieg.

»Wie? Wo? Ein echter Elefant? Ihr wollt mich wohl auf die Schippe nehmen?!«

Es wird niemand wundern, dass mich die Verwirrung wie ein Boxhandschuh getroffen hat. Das größte Tier, das wir beherbergen, ist ein Elchbulle aus Schwedens Wäldern, draußen im Pferdestall. Offen gesagt hab ich mich schwer mit der Vorstellung getan, in einer seismisch instabilen Zone leben und SCHLAFEN zu müssen. Und leider spuckte mir damals wieder die Telefonnummer des Seelenheilers durchs Oberstübchen.

Meine Gemahlin, nicht ein Reiskörnchen so konfus wie ich, reichte mit neben Butter und Marmelade folgende Information: Von einer insolventen Zirkus-Kette war der Dickhäuter – bis auf Weiteres – bei uns einquartiert worden.

Bis auf Weiteres? Meine Perplexität schwand nur langsam. Der Schutzsuchende aus Indien kam mit einer Art Feuerwehr-Rutsche durch die Lebensmittelschleuse in den Kartoffelkeller.

»Ja, der rollte sich zusammen wie ein Igel«, erklärte mein fünfjähriger Pablo aus Bolivien. »Papi, was für ein intelligentes Tier, nicht wahr?«

Ich nickte anerkennend. Unter diesem Dach, dachte ich im Stillen, wird man noch eines Tages fliegende Kuchenteller zu Gesicht bekommen. Schließlich nahm ich Jumbos Anwesenheit hin. Und nach dem Frühstück wurde ich unter Kindergejohle einen Stock tiefer geleitet.

Der Dschungelriese war noch nicht ausgewachsen, wackelte dennoch dolle mit den Ohren und schien sich bei uns wohl zu fühlen. Zu seiner Verpflegung entdeckte ich Heuballen und offene Wasserkanister. Mit dem Rüssel angelte er sich einen Kanister heran und genoss zur Belustigung seines Publikums ein spontanes Bad.

»Juhu! Jumbo! WOW!« Die kleinen Zuschauer klatschten und sprangen vor Freude im Viereck.

»Und? Ist er nicht total putzig?«, fragte meine Frau, doch ich konnte und wollte ihr darin nicht beipflichten. Denn *putzig* schien mir kaum das treffende Epitheton für einen 3-Tonnen-Koloss zu sein.

Später am Tag bemerkte meine Frau mit degenscharfer Zunge: »Sei bloß kein Spielverderber. Willst du vielleicht, dass Jumbo unter den Hammer kommt?«

»Bitte? Was heißt hier Spielverderber«, gab ich empört zurück, »und was heißt da Hammer? Übrigens ist es in Deutschland strafbar, Teile einer Konkursmasse zu verbergen. Und *wir* leben eben in Deutschland, Gnädigste.«

»Is mir doch schnuppe, völlig schnuppe«, entgegnete sie in aller Deutlichkeit. »Dem Gast aus Asien darf nichts Böses zustoßen!«

Es war lange nach 24.00 Uhr. Ich träumte gerade von einer gemeinsamen Monderkundung mit den Jahrhundert-Amis Cindy Crawford und Stephen King, als mich die Türglocke wie ein Feuerwachtschlauch aus dem Bett pustete. Schlaftrunken, mit der Maglite vorm Brustkasten und 'ner Zipfelmütze auf der Birne, torkelte ich gleich einer Wilhelm-Busch-Karikatur zum Hauseingang.

Mit einem Ruck riss ich unsere Holzpforte auf. Der nächtliche Störenfried entpuppte sich als Zirkusunternehmer aus der Stadt. Sein Anliegen: ob wir noch Platz für ein einziges Tier hätten? Ihm klebte eine lila Fliege am Hals, die seiner Beleibtheit eine zu Humor neigende Eleganz verlieh. Dennoch war die Verzweiflung in seinen wässrigen Augen nicht zu übersehen.

»Es ist mein letzter Besitz. Verstehen Sie doch... «

»Hä? Wie bitte?« Meine Ohren weilten offenbar noch im Weltall; Mond, Traumland, Abenteuer mit Cindy und dem Geschichten-King. Plötzlich spürte ich von rücklings eine warme Hand auf meiner Schulter.

»Nur für zwei Tage. Ich bitte Sie!« Sein flehender Blick suchte den hellwachen meiner Frau. »Wie geht es eigentlich dem Elefanten, verehrte Hausherrin?«

»Recht gut«, informierte diese, »nur seine Verdauung arbeitet etwas unregelmäßig.«

»Oh, keine Sorge«, sagte der Fremde im Frack, »das regelt sich von selbst. Ist bloß die neue Umgebung. Diese Dickhäuter sind unwahrscheinlich sensibel. Wie paradox, nicht? Nun, wie ist es – wäre da noch ein Schlafplätzchen für die Katze?« Der Zirkus-Boss sah mich an, und mir fiel augenblicklich ein Stein vom Herzen.

»Ihr Ernst? Eine Katze?« Ich stierte ihn ungläubig an, lachte, woraufhin er meinte: »Ja, hab sie momentan im Kofferraum.«

»Keine Königsboa?«, feixte ich halblaut, »Sie bringen uns keine *nervösen* Würgeschlangen? Und auch keine *depressiven* Grizzlybären, die vorübergehend auf Schonkost gesetzt worden sind? Nein?«

Ein banges Kopfschütteln. Ich hätte den Zirkusmenschen küssen können – aus purer Dankbarkeit. Aber ich wollte meine Gemahlin nicht blamieren, weswegen ich nur noch sagte: »Bringt das Miezekätzchen rein. Es kann es sich irgendwo im Esszimmer gemütlich machen.«

»Tausend Dank! Echt heldenhaft von euch! O wie erleichtert ich jetzt bin...«

Ohne Verzug schlüpfte ich unter die Bettdecke zurück. Die Notunterbringung der Katze für diese Nacht organisierte meine Frau.

Wenig später war das Kätzchen familiär geborgen und Madam Großherzigkeit kam ebenfalls ins Schlafgemach. Unterm Schein der Nachttischlampe wirkte sie unnatürlich blass im Gesicht. Derart blass, dass ich mein Bettlämpchen anknipste, um sie von Kopf bis Fuß zu mustern. Also zog ich ihr lausbübisch die Decke weg. *Ach du liebes bisschen!* Sie zitterte schubweise am ganzen Leib.

»Dir ist kalt, oder?« Sie nickte wortlos. »Soll ich schnell 'ne Wärmflasche machen?«

Sie schüttelte den Kopf und griff nach der Zudecke.

»Danke, Liebling. Ich schlaf jetzt besser weiter.«

Mit einem beigelegten Lammfell zauberte ich eine Art Frühlingsrolle aus ihr, sprach in beruhigendem Ton: »Wird nur die Müdigkeit sein.«

»Is möglich«, hörte ich sie leise erwidern, wobei so etwas wie Angst in ihren Augen aufflackerte.

Binnen Minuten schliefen wir beide wieder ein. Ich

hatte bedauerlicherweise nicht mehr den alten, sondern einen neuen Traum. Neben meiner Angetrauten durchstreifte ich die afrikanische Savanne. Geduckt wie ein Winnetou staunte ich über gigantische Giraffenhälse und Lateinisch sprechende Zebras. *Hic Rhodus, hic salta!* Doch meine Frau hatte in einem fort Bammel und suchte fiebrig Unterschlupf. Irgendwer lag auf der Lauer, in der Mittagshitze, irgendwas wollte uns beiden ans Leder.

Die fressen auch Menschen, Egon. Menschen wie dich und mich! Diese Jammerworte und ihre schauderhaft erstarrte Miene zwangen mich früher als gewohnt zu erwachen.

Ich tupfte mir den Schweiß von der Stirn und schlurfte ins Badezimmer. Beim Toilettengang beschloss ich, meinen neuen Rasierapparat dessen Feuertaufe angehen zu lassen. Das Ostergeschenk lag irgendwo im Wohnzimmer...

Während meiner Suche nach dem Rasierer entdeckte ich unter dem Tisch im Esszimmer einen Löwen. Das voll ausgewachsene Exemplar *Panthera leo* schien friedlich zu schlafen. Nur der Schwanz bewegte sich rhythmisch hin und her; das Geräusch glich dem achtsamen Fegen eines Besens über Parkettböden.

Ich kniff mich in den Unterarm, blinzelte – der König der Tiere war Realität!

Bei Jahwe, Allah und Franz Beckenbauer! Und ich posierte mittlerweile vor dem Wandspiegel im Flur. Der neue Rasierer summte einsatzbereit in meiner Rechten. Es wird besser sein, dachte ich mir, das *Miezekätzchen mit den großen Reißzähnen im großen Maul* ein bisschen unter Aufsicht zu wissen, was ja vom Bad aus unmöglich wäre.

Ich begann mit der linken Wange, Millimeter für Millimeter, keine Hudelei. Die Barthaare trennten sich ohne lästiges Verhaken von meiner Haut. Eins a Elektrorasierer von Brown. Sehr behutsam und sehr leise vollzog ich die Epilation meiner Visage. Es gab ja *etwas* zu verlieren: mein Leben zum Beispiel.

Nun drehte ich den Kopf leicht nach links, um die rechte Wange vorab zu besehen. Als ich wieder zum Löwen rüberspähte, bemerkte ich, dass dieser ein Auge offenhielt und mein Tun verfolgte. Wahnsinn, dachte ich halb hypnotisiert, sie sehen in der Tat wie Katzen aus. Gern hätte ich gewusst, was der Löwe seinerseits über mich dachte. (*Spinnt der Typ denn? Bartrasur nachts um drei? Sind wir hier bei „Verstehen Sie Spaß...?"* So die Gedanken des Löwen. Der Verfasser.)

Unter wachsender Verärgerung über den Leichtsinn meiner Holden fuhr ich mit der Rasur fort. *Sancta simplicitas! Das kann ich unmöglich durchgehen lassen: ein Raubtier! Was werden die Kinder ihm füttern? Unsere Bergziegen, die Schafe? Oder gar sich selbst opfern?*

Es war skurril bis ins Aschgraue! Abermals musste ich an Wilhelm Busch und seine vom Schicksal schikanierten Schlemihle denken. Ungehalten pfefferte ich den

Rasierer hin und stürmte über die Schwelle zum Schlafzimmer.

Vor dem Ehebett pflanzte ich mich auf wie ein Napoleon, rief: »Madam, es ist zum Katholischwerden! Wir haben einen Löwen im Haus! Na, wozu überhaupt noch miteinander sprechen?« Mein Gebrüll weckte sie recht unsanft: »Panthera leo! Eine Killer-Maschine! In unserem heiligen Bauernhaus!«

Ohne Widerrede fing sie an zu weinen. Gegen ihre Tränen bin ich machtlos, und so verflüchtigte sich mein Zorn. Ich sprang wieder ins Bett, schmiegte mich an sie und strich ihr liebevoll das Haar aus der Stirn.

»Eine solche Raubkatze, frei laufend im Wohnbereich, ist allemal ungewöhnlich, Liebste. Das kannst du nicht abstreiten.«

»Was ist nicht ungewöhnlich?«, entgegnete meine Frau schniefend, und darauf wusste ich keine plausible Antwort. Nicht mehr weinend hängte sie an: »Ich hab auch zugestimmt, weil der Zirkusbesitzer beim Abschied sagte, dass der Fellträger ein guter Schachpartner sei. Und, ach Egon, du magst das Spiel der Kaiser und Könige doch so gern ...«

Es wird den einen oder anderen sicher verwundern, dass dieser befellte Exot de facto eine uns Menschen ähnliche Intelligenz zu besitzen scheint. Mehrmals habe ich den Löwen zu einer Partie in jenem Strategie-Game herausgefordert und am Ende bestenfalls ein Remis verbuchen können. Er ist ein zäher Kämpfer – aber wen von Euch überrascht das? Übrigens haben die älteren meiner Kids verstanden, sein Geschick auf dem Schachbrett mit dem Rufnamen *Kasparov* zu würdigen. Zu Ehren des legendären Russen Garri K. Kasparov, einem gefeierten Weltmeister auf dem Feld der 64 Felder.

Allerdings stellte sich noch eine zweite Eigentümlichkeit im Naturell dieser Großkatze heraus: Kasparov hat keinerlei Appetit auf andere Tiere beziehungsweise Fleischwaren.

Seine vom lieben Gott gesponserten Mordwerkzeuge wie Krallen und Reißzähne kann man bei ihm nur erblicken, wenn er sich aus Langeweile streckt oder ungeniert gähnt. Vor der Auswahl im Kühlschrank gibt er stets allen pflanzlichen Köstlichkeiten den Vorzug. Besonders Gemüse-Lasagne hat es dem Monarchen mit der Mähne angetan. Nun war meine Frau nicht mehr die einzige Verfechterin des Vegetarismus in der Familie. Und auch unsere zehn Sprösslinge begrüßten den unblutigen Speiseplan für den Gast aus der Savanne.

Mich störte es ganz und gar nicht, dass der in Geldnöten steckende Zirkusunternehmer aus zwei Tagen über zwei Wochen hat werden lassen. Vorgestern sind dann beide »Zirkus-Attraktionen« endgültig abgeholt worden. Ich will ehrlich zu Euch sein und sagen, dass ich Jumbos Abschied mit achselzuckendem Gleichmut hinnahm. Das allstündliche Wackeln der Wände ging mir auf den Keks, ebenso dieses unfreiwillige Duschen beim Betreten unserer Kellerräume.

Das Adieu von Löwe Kasparov hingegen schmerzte mich sehr. Er war in der Tat ein angenehmer Schachpartner. Ich schätzte auch seine vegetarische Lebensmaxime und Ausgeglichenheit. Und wie gern sonnte ich mich in der Aura seines majestätischen Stolzes... All dies wird mir fehlen, und ich hab ein Schnäuztuch voll Tränen vergossen, als er mir von der Lkw-Rampe aus ein letztes Mal zuzwinkerte. *Gardez! Passen Sie auf Ihre Dame auf, Kaiser Egon!*

Wo wird ihn das Schicksal hinführen? Zurück in einen Käfig?

Hinterfragt einmal Tragweite und Folgen eures nächsten Zirkusbesuches, liebe Kinder und Eltern. Denn Pinguine, Elefanten und Löwen möchten nicht eingesperrt, sondern wie wir alle in grenzenloser Freiheit leben!

Noch am selben Tag habe ich beschlossen, das schnöde Vermögen aus meinem Dagobert-Duck-Tresor an Organisationen zu spenden, die sich für ein Verbot von Wildtieren in europäischen Zirkusbetrieben starkmachen.

Schlägt also nicht auch in meiner Brust ein Löwenherz?

»Wir können nicht sagen, dass es nie zu einer Katastrophe kommen wird. Die Verordnungen können keine Sicherheit garantieren.«

Leiter der japan. Atomregulierungsbehörde NRA, Juli 2014

Sehr geehrte Frau Politikerin,
Sehr geehrter Herr Politiker,

der 11. März 2011 ist als schwarzer Tag in die Geschichte Japans eingegangen. Um 14:46 Uhr erschüttert ein Erdbeben der Stärke 9 die nordöstliche Küstenregion und löst einen Tsunami aus. Mehr als 18.000 Menschen verlieren ihr Leben. Doch der Albtraum soll damit erst beginnen: Das Atomkraftwerk Fukushima Daiichi wird bei dem Unglück schwer beschädigt. Große Mengen radioaktiver Stoffe strömen ins Freie. Die schlimmste nukleare Katastrophe seit Tschernobyl im Jahr 1986 steht der Menschheit bevor.

Fast fünf Jahre später sind die Folgen des atomaren Super-GAUs noch nicht unter Kontrolle. Die geschmolzenen Brennelemente müssen dauerhaft gekühlt werden, um gefährliche Kernreaktionen zu verhindern. Dafür werden 300.000 Liter Wasser benötigt – pro Tag! Und in den riesigen Tanks, in denen das kontaminierte Kühlwasser aufgefangen wird, ist nicht unendlich viel Platz. Es gibt keine Möglichkeit, diese Wassermengen unbedenklich zu entsorgen.

Auch in den evakuierten Gemeinden rund um die Atomruine sind die Auswirkungen der Katastrophe allgegenwärtig. Zwischen verlassenen Wohnhäusern, auf Parkplätzen und Agrar-Feldern stapeln sich Hunderttau-sende Säcke mit radioaktiv verseuchter Erde. Arbeiter haben den Boden in mühsamer Kleinarbeit abgetragen, um wenigstens die kontaminierte Erde in Umgebung der Wohngebiete zu entfernen.
Doch Untersuchungen diverser Umweltschutzorganisationen beweisen: Auch dieser Versuch ist gescheitert. In der Region Iitate, etwa 40 Kilometer nördlich von Fukushima, ist die Strahlenbelastung teilweise doppelt so hoch wie im Sperrgebiet um Tschernobyl – obwohl die Atomexperten an Stellen gemessen haben, die

bereits gesäubert wurden! Zu allem Unglück spielt die Regierung die Gefahr herunter. Schon 2017 will man Tausende Evakuierte nach Iitate zurücksiedeln!

Obendrein treibt das Kabinett um Premierminister Shinzo Abe die Rückkehr zur Atomkraft voran: Nach der Fukushima-Katastrophe wurden alle 48 Atomkraftwerke vorsorglich abgeschaltet. Doch schon 2015 gingen zwei Meiler in der Präfektur Kagoshima wieder ans Netz. 2016 wurden noch weitere Reaktoren hochgefahren – und das, obwohl selbst der Chef der japanischen Atomregulierungsbehörde NRA zugegeben hat, dass sichere Atomkraft ein Mythos ist!

Auch weiterhin führen unabhängige Experten Messungen durch, um die langfristigen Folgen des Atomunfalls im März 2011 zu dokumentieren. Zum Beispiel im Pazifikmeer vor der japanischen Küste, wo nach der Havarie 80 Prozent des radioaktiven Niederschlags heruntergingen.
Bestimme Umweltschutzorganisationen helfen den Bürgern vor Ort dabei, sich gegen das Wiederanfahren von stillgelegten Atomkraftwerken zur Wehr zu setzen. Hierfür arbeiten jene eng mit einem Netzwerk von

Anwälten zusammen. Denn professionelle Gutachten, sogenannte Expertisen, sind bei Gerichtsverfahren gegen Energiekonzerne unerlässlich im Hinblick auf erfolgreiche Prozesse.

Ohnehin ist die Mehrheit der Japaner entschieden gegen eine Rückkehr zu den unberechenbaren Stromproduzenten. Außerdem zeigt man den Bürgern handfeste Alternativen auf: So wurde beispielsweise in der Nähe der Sperrzone ein Solarprojekt gestartet. Menschen, die nach dem Super-GAU ihr Zuhause verloren haben, können nun mithilfe von Sonnenenergie ihren eigenen Strom erzeugen.

All das sind kleine, aber wichtige Schritte auf dem Weg in eine Zukunft ohne – lebensgefährliche! – Atomenergie.

Und dafür können auch SIE Unterstützung leisten: Besuchen Sie baldmöglichst die Regierung in Tokyo oder laden Sie japanische Diplomaten in Ihre Länder, beziehungsweise zu Ihren Staatsempfängen ein und fordern Sie diese auf, sich für ein modernes Energiesystem einzusetzen, welches die Erneuerbaren Energien zur Basis hat.

Seit der UN-Klimakonferenz 2015 in Paris stehen die Zeichen für eine globale Energiewende so gut wie nie zuvor. Mit der Sonne und seinen windreichen Küsten verfügt Japan über die natürlichen Ressourcen, um nachhaltig auf Erneuerbare Energien umzusteigen –

wenn D I E   P O L I T I K mitzieht!

! Danke für Eure Aufmerksamkeit !

Zeittafel zur Textauswahl

2015/16

- ❖ Brief an alle Politiker
- ❖ Fliehende Hoffnung

2014
- ❖ (K)ein feines Trinkgeld

2013
- ❖ Ehrensache

2012

- ❖ Die Knarre, ein Gammler & Signorina Loren

2011

- ❖ Das Jesu-Mädchen und Eure letzte Prüfung

2010

- ❖ Blaubart ohne Mut
- ❖ Tierisch-coole Family

STATEMENT

Manche Textstellen dieses Bandes beinhalten explizite Diskriminierung wie Verunglimpfungen gewisser Personengruppen unserer Gesellschaft.

Der Verfasser jener Passagen wünscht sich von allen Leserinnen/Lesern, die Wahrung einer klaren Distanz zwischen ihm als reale Person und der Ausdrucksweise einzelner Figuren in diesem Prosawerk.

DANKE EUCH!

Lust auf einen Regional-Krimi?

Erhältlich in den
Buchhandlungen der Region

Mord im Zweifelberg
Vincent Kleemayer
AgentK, Brackenheim
ISBN 978-3-935474-07-8

Die Heuss-Stadt im Zabergäu ist zutiefst erschüttert: An einem Sonntagmorgen wird der Winzer Karl Weihland inmitten der Rebenlandschaft des Zweifelbergs blutüberströmt aufgefunden.

Liegt im Wein die Wahrheit?

Jungkommissar Darius Magnus von der Kripo Heilbronn hat es mit keiner leichten Faktenlage zu tun. Am Tatort werden Spuren entdeckt, die ein vorsätzliches Gewaltdelikt untermauern...

Zur Leseprobe →

Leseprobe

Auszugs-Passage 1 / 2

Der Sohn von Karl Weihland reibt sich umständlich den Schlaf aus den Augen. Die Blässe in seinem unrasierten Gesicht ist nicht weiter überraschend, wenn man nur bedenkt, welchen Horrortrip er binnen 24 Stunden durchleben musste. Mithilfe zweier Kopfkissen am Rücken hat er sich zu einer bequemen Sitzhaltung verholfen. Ich selbst habe auf einem der Besucherstühle Platz genommen.

An der Wand hinter dem Krankenbett prangt ein Kunstdruck, der Manhattan aus eindrucksvoller Vogelperspektive darstellt. Ich möchte eben den Central Park ausfindig machen, als Patient Weihland endlich antwortet: »Nein, es war überhaupt niemand Fremdes hier. Nur zwei Kumpels und meine Tante aus Eppingen.«

Ich nicke leicht mit dem Kopf. »Und etwas Schriftliches? Haben Sie hier einen Brief oder ein ähnliches Schreiben erhalten?«

»Nein, nicht dass ich wüsste«, entgegnet er mit unruhiger Miene; sogleich erkundigt er sich: »Aber warum ist das so wichtig, Kommissar?«

Statt einer Erklärung denke ich im Stillen: *Gut, vorerst genügen diese Informationen, um ein Erpressungsmotiv des Täters in den Hintergrund zu stellen.*

»Wir reden später noch darüber«, versetze ich sodann. »Eins nach dem andern. Zuerst will ich Ihnen eine Kleinigkeit überreichen.«

- - -   - - -   - - -   - - -   - - -   - - -

Ohne Widerrede sieht er ein, dass kontextlose Fakten leicht überall hin, aber nur schwer ans Ziel führen.

»Earl James Attkinson sagten Sie? Dieser Name und der fragliche Auftrag stehen in Zusammenhang, richtig?«

Durchaus überrascht nehme ich zur Kenntnis, dass Karl W. mit einer Beraterfunktion innerhalb eines Öko-Projektes betraut gewesen sein soll. Wie Sohn Clemens betont, sei das Ganze in der südafrikanischen Anbauregion *Western Cape* ins Leben gerufen worden. James Attkinson sei ein international bekannter Winzer, der auch Weingüter im andalusischen *Estepona* sowie kalifornischen *Napa Valley* besitzt.

»Nun sollten wir nicht abschweifen«, warne ich mit beharrlicher Stimme. Mir brennt dieser Beraterjob des ermordeten Winzers auf den Nägeln.

»Herr Weihland, was genau ist in Südafrika vorgegangen?«

Auszugs-Passage 2 / 2

Fernseher und DVD-Player tauchen wieder in den Stand-by-Modus ab. Mein Vorgesetzter und ich haben uns soeben das Befragungsvideo aus London zu Gemüte geführt.

Es ist nur eine kurze Reihe von Fragen gewesen, die meine Europol-Kollegin dem Earl gestellt hat. Nicht grundlos habe ich Nina Haseltown angeheißen, den Fokus auf einen relevanten Streitpunkt zu lenken.

»Jetzt haben wir in diesem Punkt endlich Gewissheit«, Bruno Bleifeld rückt seinen Chefsessel zurecht.

»Ja, ich hab's in die Akte aufgenommen: Einseitig Karl Weihland drängte darauf, das Geschäftsverhältnis zu beenden. Er wollte keine Lieferungen mehr aus Südspanien annehmen; ebenso wenig den Etikettierungsauftrag, wie ja vertraglich vereinbart, bis Jahresende weiterlaufen lassen.«

Bleifeld zieht seinen Kugelschreiber aus der Hemdtasche.

»Es war also zu 100 Prozent nicht unser Earl, der einen Rückzieher machte, und dem *urplötzlich* Geld und Ware knapp wurden.«

»Im Gegenteil, das Video hat's doch bewiesen: James Attkinson kann sich den unverhofften Gesinnungswandel mit keiner Idee erklären. Der Brite war mit Weihlands Leistung und Assistenz hochzufrieden, weshalb er sich auch jegliche Knausrigkeit beim Honorar verkniff. Außerdem verfolge er nach wie vor seine Öko-Visionen am Westkap, und er bedaure den schrecklichen Tod seines deutschen Kollegen aufs Tiefste.«

Der Chef macht ein verdrossenes Gesicht.

»Ich dachte es mir! Auf die Antipathie gegenüber dem Earl vonseiten des Juniorchefs können wir keinen Pfifferling geben.«

»Trotz der DVD gibt mir eines in Sachen Attkinson zu denken, Bruno.«

»Das wäre?«, blinzelt mein Vorgesetzter über seine

Lesebrille hinweg.

»Ich hab mich über die familiäre Herkunft unseres Earls schlaugemacht.

Meine Recherchen haben ergeben, dass James' Vater, Earl Frank Attkinson, ein Bankier war, der sich das Offshore-Banking im großen Stil zur Lebensaufgabe machte – und das mit gigantischem Erfolg.«